DU MÊME AUTEUR, À LA COURTE ÉCHELLE :

Romans

Trilogie Lovelie D'Haïti

Lovelie D'Haïti, tome 1

Le temps des déchirures, tome 2

La saison des trahisons, tome 3

L'homme qui détestait le golf

La nuit des infirmières psychédéliques

Format de poche

Trilogie Lovelie D'Haïti

Lovelie D'Haïti, tome 1

Le temps des déchirures, tome 2

La saison des trahisons, tome 3

L'homme qui détestait le golf

Sylvain Meunier

Les mémoires d'un œuf

la courte échelle

Les éditions de la courte échelle inc.
160, rue Saint-Viateur Est, bureau 404
Montréal (Québec) H2T 1A8
www.courteechelle.com

Dépôt légal, 3e trimestre 2011
Bibliothèque nationale du Québec

La courte échelle reconnaît l'aide financière du gouvernement du Canada par l'entremise du Fonds du livre du Canada pour ses activités d'édition. La courte échelle est aussi inscrite au programme de subvention globale du Conseil des Arts du Canada et reçoit l'appui du gouvernement du Québec par l'intermédiaire de la SODEC.

La courte échelle bénéficie également du Programme de crédit d'impôt pour l'édition de livres — Gestion SODEC — du gouvernement du Québec.

Catalogage avant publication de Bibliothèque et Archives nationales du Québec et Bibliothèque et Archives Canada

Meunier, Sylvain
Les mémoires d'un œuf
ISBN 978-2-89651-975-0
I. Titre.

PS8576.E9M45 2011   C843'.54   C2011-941417-1
PS9576.E9M45 2011

Imprimé au Canada

Un homme s'identifie peu à peu
avec la forme de son destin…

L'écriture de Dieu, L'Aleph
JORGE LUIS BORGES

1

Genèse d'un vieillard

Mon nom ne vous dirait rien, non plus que mon visage. Je suis ce petit vieux assis sur sa galerie, que vous voyez sans le voir. Si vous ne passez pas dans ma rue, vous en empruntez d'autres, qui ont aussi leurs petits vieux, et vous croyez les connaître, car tous nous sommes semblables. Naufragés des balcons, prisonniers du fer forgé, nous attendons.

***

Pour l'heure, dans l'enfermement d'un hiver peut-être ultime, j'écris. J'en suis réduit à parler de moi. Quelle déchéance ! C'est trop humain. Il le faut pourtant. C'est tout ce qui me reste.

Mon cas de petit vieux a ceci de particulier que je me suis appliqué à passer pour vieux avant que de le devenir, et je croyais que c'était un choix.

C'était en un temps où je n'attendais rien, alors que dans tout le pays, comme ailleurs en Occident, bien au contraire, une sorte de ferveur révolutionnaire faisait miroiter les plus grands espoirs. Pas question pour moi de m'embrigader dans un groupuscule de gauche ni de me bronzer les fesses dans une commune hédoniste. Agitation de fourmilière que tout cela.

Cependant, la fulgurante expansion du commerce des drogues, qui accompagna cette dérisoire poussée de fièvre idéaliste, avait apporté beaucoup d'eau au moulin de mes affaires et je me vis prématurément, soit au début de la trentaine, libéré de l'obligation de gagner ma vie.

J'ai alors acquis cette modeste demeure, choisie essentiellement pour sa galerie. En général, les retraités recherchent des endroits de luxe, de calme et de volupté. J'ai préféré une rue ordinaire, sans prétention, hétéroclite et animée, et, en outre, j'étais sûr que si quelqu'un se mettait en tête de me retrouver, il ne lui viendrait pas à l'idée de me chercher ici.

Hormis les villas défraîchies qui, avant l'autoroute, donnaient sur le bord de l'eau, ma demeure est la seule qui ait à peu près conservé son aspect original, qui lui conférait assez d'attrait pour faire tourner les têtes des passants attirés par les multiples commerces et services qui occupent la rue Principale, en haut de la côte.

En somme, c'est une rue où cela bouge, mais qui conserve toujours un minimum de dignité. Je n'ai jamais supporté la vulgarité. Il n'y a pas grand-chose à attendre de l'espèce humaine, mais la couche du bas, celle qui jure et qui crache, qui exhibe son nombril à tout venant, je l'aurais exterminée avec délectation.

De biais, dans le haut d'un duplex, au temps des événements qui ont provoqué ma déchéance, vivait un jeune couple dynamique. Comme c'était attendrissant, les week-ends, de les voir installer leur canot sur le toit de leur berline citron, ou leurs vélos à l'arrière, avec un empressement dérisoire, comme si la vie était courte.

À l'entresol dudit duplex, il y avait même un fou, Ronny de son prénom. Il portait une abondante chevelure noire qui descendait sur les omoplates et une moustache en branches. Je ne lui connaissais que deux possessions: un gros rat gris qu'il installait parfois sur le carré de gazon, juste sous sa fenêtre, tenu en laisse, et puis une bécane peinturlurée. Ce garçon présentait tous les symptômes d'une intoxication aux hallucinogènes, ce qui se voyait souvent dans ces années-là. L'on comprenait à quel point il n'avait plus toute sa raison quand on le surprenait en train de s'entretenir avec un poteau de téléphone. Et je l'ai clairement entendu, tard dans la nuit, à genoux sur la chaussée, à demi nu, les bras en l'air, implorer Dieu de lui donner la puissance de sauver le monde. C'était intéressant du point de vue graphique.

En ce temps-là, en effet, je dessinais.

Mes autres sujets de croquis pouvaient être, par exemple, deux ou trois garçons qui, la casquette de travers, sur des planches à roulettes, profitaient de la pente naturelle de la rue. J'étais sûr qu'un de ces jours on allait en ramasser un étendu sous le pare-chocs d'une voiture. Le visage d'une mère éplorée est aussi un riche sujet.

Plus haut, sur la gauche, de mon côté de la rue, croissait une famille créole avec une bonne troupe de gamins, mais on les voyait peu, sinon quand ils sortaient en famille, endimanchés pour aller à l'église; c'était alors un défilé de fuchsia, d'orangé, de turquoise du plus joli effet — mais je n'utilisais pas la couleur.

Cette rue, donc, me convenait, et me conviendrait toujours si j'étais encore en mesure de l'apprécier. Il me plaisait de dessiner les gens, comme un entomologiste les insectes.

Ma galerie était coiffée d'un toit et, en prime, une vigne opulente allongeait ses pampres indolents sur les arbustes et jusqu'aux rhododendrons. Ainsi, je profitais d'un observatoire qui n'était pas sans rappeler les caches des chasseurs de canards.

À l'âge que j'avais et avec la fortune que je possédais, j'aurais pu mener une vie mondaine trépidante, mais je ne fréquentais personne. Je m'enfermais quand les contractuels de l'entretien extérieur se présentaient. Je n'utilisais les trottoirs que pour sauter dans un taxi. Je n'étais pas inscrit sur les listes électorales ni dans l'annuaire et je ne recevais jamais de courrier à la maison. Quand cela s'avérait absolument indispensable, je me présentais sous un faux nom. Pour faire bonne mesure, je vivais sous un déguisement, cheveux et moustaches teints en gris, un maquillage qui n'est plus nécessaire maintenant, puisque le chagrin a accéléré l'œuvre de blanchiment naturellement dévolue aux années. Je marchais avec une canne, en courbant le dos : j'avais bel et bien fait de moi un petit vieux avant de l'être, une sorte de fantôme en sursis, à la limite de la non-existence !

Soit, la chose était nécessaire à ma sécurité, mais je ne vois pas ce que j'aurais eu envie de faire d'autre de toute façon.

Aux premières douceurs, j'installais mon fauteuil de bois sur la galerie, avec une petite table à côté pour y poser ma pipe et ma tasse. Ma tasse, ventrue et rustique, ne contenait jamais que du vin. J'aurais pu m'offrir d'authentiques cristaux de Bohême, mais un tel luxe ne cadrait pas avec mon personnage. Le vrai bon vin ne perd pas ses qualités du simple fait qu'il se retrouve dans une tasse, je vous l'assure. Quant à ma pipe, elle était bourrée d'une herbe que je cultivais moi-même à partir de semences rescapées de mon passé.

Ainsi, je ne tardais pas à m'élever un peu au-dessus de ce monde, juste assez pour aiguiser mes perceptions sans amollir ma main.

Je n'emploierai pas le mot bonheur pour décrire les saisons tranquilles de ce mitan de ma vie. Le bonheur n'est rien d'autre que la satisfaction de croire que l'existence est autre chose que ce qu'elle est en réalité. Je parlerai plutôt d'équilibre. J'avais éliminé tous les besoins pour moi secondaires et je me contentais de l'essentiel.

Dans ma vie, seul le dessin m'a procuré du plaisir. Paradoxalement, je ne m'y trouvais pas fameux. Mais le résultat n'avait pas d'importance et je détruisais à mesure ma production : même après quelque belle réussite, je ne pensais à rien d'autre qu'à attaquer un nouveau sujet. Ce que j'aimais du dessin, c'était la distance.

Cependant, en hiver, en ce pays, l'on ne saurait demeurer à l'extérieur sans bouger. Je m'enfermais donc et je me consacrais à ma suprême quête : chercher mon œuf ! Les croquis que je faisais à l'extérieur n'étaient que des exercices. À l'intérieur, j'ébauchais encore et encore, dans la décennie qui a suivi mon retrait des affaires, cet œuf dont j'aurais été sûr qu'il était le mien, que j'aurais encadré et que j'aurais regardé chaque matin comme on se regarde dans un miroir.

Plusieurs peintres célèbres, Jérôme Boch, Salvador Dali, René Magritte, pour ne nommer que ceux-là, ont représenté l'œuf dans leurs œuvres. Dans ces cas toutefois, l'œuf intervenait comme élément de compositions parfois fort élaborées. Ma démarche était d'une autre nature. L'œuf était l'unique sujet et l'unique objet de mes croquis. D'aucuns trouveront que dessiner un œuf est une tâche élémentaire pour qui sait quelque peu griffonner. Peut-être, mais c'est une entreprise bien plus ardue que de chercher à débusquer son œuf propre. Le dessin n'est pas la forme, il est la manière de voir la forme, a dit Edgar Degas.

L'œuf était pour moi un sujet d'abyssale perplexité. La forme en est parfaite ; rigoureusement sphérique, il perdrait tout intérêt plastique. Tout aussi remarquable est son intérieur : l'albumine d'abord, limpide et qui, sous l'effet de la chaleur, devient un rêve de blancheur, puis le jaune tout rond, resplendissant tel un soleil. Beauté, simplicité, utilité ! Hélas ! pour peu qu'un imbécile de coq y mette du sien, voilà la beauté qui se corrompt, mais ce n'est pas mon affaire.

L'œuf est la matérialisation de la perfection, le vrai chef-d'œuvre de l'univers, l'incarnation de l'harmonie. Pourtant, il ne se situe ni au début ni à la fin, juste au point de relais de la vie. Il se tient là, immobile et parfait, entre la volaille qui l'a fait et la volaille qu'il fera, mais pas toujours, et c'est magnifique.

Mais ratiocination que cela ! Mon œuf ne pouvait pas être une thèse. Il devait surgir de moi, d'un mouvement naturel, spontané, d'où mes échecs à répétition.

Égoïste ? Égocentrique ? Si l'on veut. Ce n'est pas un défaut. Le monde se porterait mieux si chaque humain se contentait de s'occuper de lui-même.

Mais, comme dans le cas d'un œuf fécondé, mon bel équilibre a été contaminé, d'abord par une toute petite chose, qui a fait qu'au bout du compte je m'abaisse ici à écrire.

Je ne peux pas justifier les événements que je vais raconter, ni même les expliquer. Je ne vois qu'une cause possible, dont je me convaincs un peu plus chaque jour : c'est que le diable existe.

Dieu ? Je ne sais pas. De toute manière, le diable, c'est bien assez.

2

Le bien est l'absence du mal

S'ils m'apparaissaient plus estimables que la plupart des créatures, je n'en aimais pas les chats davantage, surtout pas les chats errants. Trop nombreuses sont les âmes sensibles qui les nourrissent, chose que je n'aurais jamais pensé faire.

Mais c'était avant Monsieur Blanc, avant ce crépuscule vespéral d'une fin d'août où je fêtais le dixième anniversaire de ma retraite, en ne rompant surtout pas avec mes habitudes. Je ne faisais rien que de très ordinaire, je goûtais tout ensemble les délices d'un superbe médoc, et celles d'une tardive canicule. Ma pipe venait de s'éteindre. Dans la rue imbibée d'une mollesse résignée, les lampadaires ployaient l'échine, les passants passaient sans que leurs pas résonnassent, la grosse concierge d'en face balayait avec l'ardeur d'une limace et, au-dessus d'une feuille sans traces, je tenais mon fusain d'une main lasse.

J'entendis qu'on bougeait sous les rhododendrons: sûrement un chat, un chat lent. N'eût été la chaleur, je me serais levé prestement pour le chasser. Or, précédée du chuintement velouté de ses pas, sa blancheur spectrale apparut de plain-pied sur la galerie.

Je n'avais plus le choix. Je me levai, espérant que cela suffirait à l'effrayer, mais il se laissa plutôt choir sur le côté, comme s'il atteignait enfin une oasis. La vision, sur le côté droit du cou, d'une plaie grosse comme une souris, séquelle d'un duel sans merci, retint l'élan de mon pied. La bête avait aussi la face striée d'écorchures.

Monsieur Blanc, qui ne répondait alors à aucun nom, m'observait avec indifférence. Le sang répandu sur son pelage immaculé créait un contraste fantastique, mais il continuait de s'écouler et avait commencé à souiller le plancher. Je n'attendrais quand même pas qu'il mourût là, au bout de son sang. Avec mes compétences, j'aurais pu le tuer proprement, mais ensuite il aurait fallu me débarrasser du cadavre. Si c'était à refaire... mais il faisait si chaud...

Toujours est-il que le plus simple me parut de lui accorder l'asile, quitte à le chasser quand il serait en mesure de reprendre sa vie de gouttière.

Je dénichai dans la cave une ancienne caisse de laitier, bien ajourée, mais solide. En la renversant par-dessus mon importun visiteur, il serait à l'abri. J'avais encore du chloroforme dans mon arsenal et de la teinture d'iode dans la pharmacie.

De retour sur ma galerie, je constatai à regret que Monsieur Blanc n'avait pas bougé. J'humectai mon mouchoir de chloroforme et l'approchai de son museau. Ses yeux se fermèrent presque aussitôt. Alors je versai généreusement de l'iode directement dans la plaie, ce qui, malgré l'anesthésie, provoqua de brefs soubresauts. Puis je plaçai la cage improvisée comme prévu.

Le lendemain, la cage était toujours en place et Monsieur Blanc m'accueillit avec un miaulement au triste accent de mendicité. La plaie avait commencé à sécher et l'iode décourageait Monsieur Blanc de la lécher. Ayant soulevé la cage, j'essayai avec force « Pschitt ! » et gestes du bras de faire comprendre au convalescent que des coupures dans la compassion rendaient souhaitable sa libération précoce de mon hôpital de fortune, mais il fit la sourde oreille et continua de se plaindre, dans le dessein évident que je lui fisse en sus la charité d'un repas. J'aurais dû aller chercher un seau et lui offrir à la place une douche de vinaigre, qu'il aille crever ailleurs. Seulement voilà, quand on commence à soulager la souffrance, il est difficile de s'arrêter.

En réalité, je ne voulais pas admettre que j'avais tout simplement été pris de faiblesse. Ce fut ma deuxième erreur, en moins de vingt-quatre heures !

— Bon, tu as faim ! Tu veux reprendre des forces avant de déguerpir, n'est-ce pas ?

Voilà que je parlais à une bête !

— Je vais te préparer quelque chose, et tu n'as pas intérêt à faire des caprices.

Je brouillai donc un œuf, en évitant de regarder le gâchis. J'y ajoutai des arachides hachées et une poignée de céréales au son. Dans une soucoupe, je vidai le fond de la bouteille de médoc de la veille ; s'il le buvait, cela l'engourdirait.

Eh bien ! Le salaud commença par laper le vin, non sans en avoir d'abord humé méticuleusement les arômes et, entre chaque coup de langue, il marquait une pause et me regardait d'un air satisfait. Puis il engloutit mon petit mélange sans lambiner. Repu, il se recoucha après un bref miaulement qui voulait peut-être dire « Merci » ou bien « Vous pouvez disposer », ce que je fis après avoir replacé la caisse.

Je ne pus résister à l'envie de dessiner l'animal qui venait de s'insinuer dans ma vie. Dans la maison climatisée, plus précisément dans le salon converti en atelier, je m'y appliquai durant des heures. Ce n'est pourtant pas mon genre de sujet. Dessiner un chat est à la portée de n'importe quel apprenti, sauf que celui-là avait quelque chose de fantômatique. Le sol se trouva finalement jonché d'esquisses sans que j'eusse réussi à brosser de ce maudit animal, de cet animal maudit, devrais-je dire, un portrait satisfaisant. Il y faudrait du temps. J'avais déjà flirté avec l'idée que la présence d'un chat éloignerait la vermine de la maison, et les autres chats tout autant : si, une fois rétabli, mon félin visiteur retrouvait sa maîtrise des arts martiaux, il ferait sûrement un cerbère féroce. De toute façon, ensorcelé déjà, avais-je besoin d'un prétexte pour le tolérer ?

Je me transformai dès lors en vétérinaire attentionné. Le soir, le chat mangea de nouveau, à peu près la même chose, comme moi. Le lendemain matin, soit trente-six heures après son arrivée, je le trouvai assis sur son derrière, à côté de la caisse renversée. La plaie s'était résorbée de façon spectaculaire.

Monsieur Blanc refusa d'entrer dans la maison, même dans le pire de l'hiver. Cette retenue me convenait, mais je comprends maintenant qu'il devait rester dehors pour attendre.

Je crois qu'il n'avait pas tout à fait atteint l'âge adulte au moment de son arrivée, car il me sembla avoir grandi un bon coup par la suite. Évidemment, je n'avais pas de photo pour comparer: je n'ai jamais touché à ces appareils-là, sauf dans le temps, pour le travail; ce sont les meilleurs menteurs, puisque ce qui en sort a toutes les apparences de la réalité. Quoi qu'il en fût, une fois rétabli, c'était toute une pièce de matou! Il ne lui manquait que de petits pinceaux à la pointe des oreilles pour en faire un lynx. Il avait cette démarche typique des grands fauves qui ne se connaissent nul ennemi naturel, et je ne l'ai jamais vu reculer ni faire le dos rond. Ainsi, un molosse qui entreprit un jour de se pointer la truffe sur la galerie se la fit salement esquinter, et on ne le revit jamais.

J'ignore à quoi Monsieur Blanc occupait ses journées et ses nuits, mais il était toujours là quand je mettais le nez dehors. Lorsque je devais m'éloigner, il s'installait sur le seuil de ma porte et je le retrouvais là à mon retour. Au besoin, il se prenait même pour un chien de garde et interceptait les colporteurs de tout acabit; vendeurs, prêcheurs et autres quémandeurs évitaient désormais ma porte. J'en arrivai presque à me demander comment j'avais pu m'en passer si longtemps.

Ah! Quel idiot étais-je! Mais le malin savait comment me prendre. Le vin, par exemple! Je partageais avec Monsieur Blanc toutes mes bouteilles et nous nous livrions à un petit rituel de dégustation. Il s'y connaissait! Il hochait la tête quand il aimait, dodelinait quand c'était quelconque. Bien sûr, j'ai pensé qu'il ne goûtait pas vraiment, qu'il réagissait à l'ivresse et que mon imagination faisait le reste. Pour en avoir le cœur net, je lui servis une fois une ration d'une décoction rouge et pétillante qui usurpe le titre de vin. Il a approché le museau et aussitôt, d'un coup de patte, il a renversé le gobelet, et le liquide a fait une jolie tache effervescente sur la neige. Monsieur Blanc est ensuite allé s'asseoir un peu plus loin en me boudant. Je l'avais sous-estimé. Je répétai l'expérience quelques jours plus tard avec un gros rouge élaboré localement. Il y trempa la langue, soupira, me jeta un regard en coin en ayant l'air de se demander si j'étais sérieux. Cela me parut concluant. Ce chat n'était pas un matou ordinaire : il m'était destiné, il me ressemblait comme un frère. Il se serait mis à dessiner que je n'en aurais pas été surpris outre mesure.

Le premier effet dévastateur de la venue de Monsieur Blanc fut que, cet hiver-là, à la place de mon cher œuf, j'avais dessiné Monsieur Blanc, et je n'avais guère eu plus de succès. Je ne parvenais pas à illustrer cet air qu'il avait de toujours attendre quelque chose, sans aucune impatience cependant, sans faux mouvements vers des leurres, mais avec la certitude que ce qu'il savait devoir venir viendrait. Ce n'était pas du tout la même démarche qu'avec l'œuf, dont je pourchassais l'essence. Je ne dessinais pas non plus Monsieur Blanc comme je dessinais les humains de ma rue, des curiosités. Je dessinais Monsieur Blanc pour comprendre ce qu'il y avait derrière lui et pourquoi il y avait lui, tout d'un coup. Je dessinais avec une sorte de ferveur physique que ni la fumée ni le vin n'apaisaient. Ce n'était pas si désagréable, c'était juste un peu de chaleur, un petit début de passion, comme si j'avais été fécondé.

L'hiver passa, avril se pointa avec toute la clémence que l'on attend de lui mais qu'il ne livre pas toujours. Le moment eût été propice pour interrompre cette couvaison qui n'annonçait rien de bon, mais le mal, le malin, n'avait pas pris pour rien les traits d'un chat : un chien pourchasse un écureuil jusqu'au pied de l'arbre et aboie de longues minutes comme un idiot tandis que, sur sa branche, le fuyard se moque de lui ; le chat, quand la souris disparaît dans son trou, se couche tout près et ferme les yeux, mais c'est la méfiance de la victime qu'il endort.

Mon image de petit vieux assis sur sa galerie, que je cultivais avec un soin maniaque, se trouvait renforcée par la présence de Monsieur Blanc qui n'avait toujours pas de nom. J'avais sans aucun doute l'air davantage humain, et c'est un triste fait que je l'étais. Mais je ne voyais rien et cela allait m'amener à poser un nouveau geste, à pousser un peu plus avant mon bras dans l'engrenage diabolique.

Mais avant de me rendre là, je veux raconter ce qui m'avait conduit à composer ce personnage de petit vieux, vers l'âge où mes congénères masculins encore célibataires se demandent plutôt s'ils ne devraient pas songer à se reproduire. Pour ce faire, il me faut relater les circonstances qui m'ont fait abandonner l'étude des beaux-arts, et puis mes premiers pas dans ma fructueuse et relativement brève carrière interlope.

3

Un bon passé est un passé mort

Je suis doté d'une intelligence superlativement puissante. Ce n'est ni vantardise ni présomption de ma part, mon parcours scolaire l'attesterait. Je n'ai eu que des résultats éblouissants, de mes premiers apprentissages jusqu'à cette heure où l'on demande aux jeunes gens de bonne famille de choisir la profession qui leur servira de tremplin vers la fortune. Diplômé *summa cum laude* d'un pensionnat jésuite de haute réputation, bien qu'éloigné des grands centres, toutes les portes m'étaient ouvertes. Très tôt, cependant, j'avais été à même de constater que je n'avais pas de place dans cette humanité grotesque et il me parut hors de question que je me lançasse dans une quelconque profession où j'aurais eu à vivre « dans le monde ». On fut surpris qu'un individu si rangé, qui n'affichait pas la moindre de ces attitudes que l'on attribue aux tempéraments artistiques, choisisse l'étude des beaux-arts, surtout à une époque où le seul art considéré comme honorable était celui de décorer les églises. C'était sans compter les milliers de croquis que j'avais griffonnés à part moi, durant ces cours, où, ayant ingéré la matière avant tout le monde, je n'avais pas le choix de m'occuper à quelque chose. À cet égard, pour un tempérament si peu enclin à la dissipation que le mien, dessiner s'avérait une solution convenable.

Mes parents, néanmoins, s'étant bien accommodés d'une progéniture unitaire qu'ils n'avaient de toute évidence pas appelée de tous leurs vœux, mais qui leur avait demandé fort peu d'attention et ne leur avait jamais causé le moindre souci, virent là l'occasion de se soulager encore de ma présence et m'octroyèrent les fonds nécessaires aux frais scolaires et à une chiche survivance. Dans une indifférence partagée, je quittai définitivement le domaine cossu où mes parents menaient leur vie replète de notables de province. Je ne me suis jamais demandé ce qu'ils sont devenus, et eux ne semblent pas non plus avoir cherché à savoir ce qui m'arrivait lorsque je cessai sans avis, à la fin du premier semestre, de les rappeler à leur devoir de pourvoyeurs. Il y a certes une part d'atavisme dans ce que je suis.

Bref, entre ma naissance et les basses œuvres de Monsieur Blanc, mon abandon de l'étude des beaux-arts fut le seul événement de ma vie que je puisse qualifier de pénible. Peut-être à cause d'un quelconque déséquilibre hormonal, le fait est que je n'ai jamais éprouvé d'attirance sexuelle pour les femmes — pour les hommes non plus d'ailleurs, mais les femelles humaines étant de manière générale un peu plus raffinée que leurs mâles congénères, je ne doute pas que c'est vers elles que je me serais tourné si j'avais eu quelque envie de partager mes sécrétions intimes. Cette absolue absence de libido m'a aussi valu de ne pas être incommodé du fait que je ne suis point beau.

Et pourtant, j'ai quitté les études à cause d'une femme. Pour qu'elle eût été appelée à jouer un rôle dans ma vie, il fallait que cette femme soit aussi exceptionnelle que je le suis, et elle l'était, heureusement d'une façon radicalement différente.

Pour moi, elle demeure le mystère, tout ce que, de cette vie, je ne comprendrai jamais. Elle n'était pas ce qu'on appelle une belle femme : courte, à peu près plate, son visage, quoique sans disgrâce, ne possédait pas cette finesse, cette économie de traits, qui eût permis de la dessiner en laissant en blanc la presque totalité du canevas. Elle était belle, pourtant, par-delà les canons, et s'il faut absolument en brandir un, je dirai qu'elle avait des yeux téléportés d'Uranus, la planète bleue, annelée… et vierge.

Vierge… Dans le milieu décontracté des Picassos en herbe, c'était un statut original. Notons que je ne parle pas, dans son cas à elle, car rien ne m'y autorise, de virginité physique. Je parle d'un état virginal global, d'une personne intacte, qui conserve encore et toujours en elle cette candeur de l'enfance, telle qu'on se plaît à l'imaginer quand on vieillit et qu'on oublie à quel point le premier âge de la vie sait se montrer mesquin, hypocrite, vil et cruel.

À l'école, je la voyais voleter tel un papillon au-dessus des chenilles. D'abord, elle était studieuse et gardait ses grands yeux braqués sur des professeurs qui, selon moi, s'écoutaient discourir. Je n'aime pas les mots, et traduire l'art en mots est une entreprise parasitaire ; les profs critiquaient les œuvres, les étudiants critiquaient les profs, et elle, elle écoutait les uns et parfois aussi les autres avec une ferveur de catéchumène. Moi, je n'écoutais personne : je prenais les notes qu'il fallait et je la regardais. Elle ne fumait pas, buvait du bout des lèvres et peignait de grands oiseaux azur envolés dans des ciels vibrants.

Elle dessinait infiniment mieux que moi.

Alors que je m'escrimais à contourner les difficultés, elle faisait avec un bout de fusain tout ce qu'elle voulait. C'était… c'est une très grande artiste, et elle aurait pu connaître la gloire.

Je suis si vieux, maintenant, tellement mal pris dans les conséquences de mes errements, que je peux bien admettre que j'étais amoureux. Oh ! ce ne fut qu'une sensation brève et effrayante.

À l'école, je ne me mêlais pas aux autres, elle guère davantage, et cet isolement nous a amenés à nous asseoir dans le même coin. Pendant les premières semaines, je me contentai de la saluer, et elle me répondait avec un sourire si généreux que je lui ai peut-être imaginé un sentiment à mon égard. Cela me plaçait dans une situation douloureuse, car je ne savais pas comment agir : c'était la première fois que je ressentais un besoin de me rapprocher de quelqu'un.

Un jour, il y eut une sorte de contestation dans le cours d'histoire de l'art. Une poignée de comparses broussailleux avait pris à partie un professeur quelque peu guindé. Le ton avait monté. On s'était traité respectivement de bourgeois et de nombril suintant, et le cours avait été gaspillé, du moins du point de vue académique, car en sortant, ayant sûrement remarqué que je ne semblais pas intéressé davantage qu'elle par la controverse, la Vierge avait sollicité mon avis. Je lui avais répondu que l'art n'avait rien à voir ni avec la philosophie ni avec la sociologie, encore moins avec la politique et que, à vrai dire, je ne savais pas vraiment ce qu'était l'art, que je n'étais même pas sûr que l'art existât, et que je ne fréquentais cette école que parce que j'aimais dessiner — me gardant d'ajouter que je n'aurais pas su quoi faire d'autre. À mon grand étonnement, elle trouva ma réponse intéressante.

— C'est un peu comme ça que je pense aussi. Ce qui compte, c'est la beauté. Il faut répandre la beauté. Moi, je veux enseigner.

Elle disait cela avec la même conviction que les missionnaires français du dix-septième siècle annonçant à leurs familles qu'ils partaient évangéliser les sauvages de Nouvelle-France. Cela aurait dû suffire à me détourner d'elle. Pourtant non ! Cette fille me touchait, quoique nous fussions aussi différents l'un de l'autre que le jour de la nuit, et peut-être justement pour cette raison, parce que nous étions engagés dans des directions si parfaitement opposées que nous finissions fatalement par nous rapprocher, vu la rondeur du monde.

Ce jour-là, nous sommes devenus camarades, mais sans le moindre soupçon d'intimité qui eût fait de nous des amis, moins encore des amants.

Et puis, un jeudi de novembre…

Nous sommes dans une salle d'une blancheur crue, parmi d'autres étudiants, devant de grandes feuilles blanches. Tout nu au milieu de la pièce, un garçon d'une dizaine d'années, aux lignes gourmandes, se tient appuyé sur une colonne brisée. Le fusain crisse laborieusement entre mes doigts noircis, mais le gamin refuse obstinément de prendre vie sur ma feuille, tandis que le sien, à elle, juste à côté, semble prêt à frissonner au premier courant d'air. Elle laisse sa main glisser comme dans des sillons invisibles, comme si l'image se cachait de tout temps dans le papier. Déjà, à même le plat du fusain, elle crée la lumière autour de l'enfant, et c'est encore la lumière de l'enfant. Elle sourit, ses yeux s'illuminent de plaisir. Sentant que je l'observe, elle se tourne vers moi sans que sa main quitte la feuille et je jurerais que, tout en me regardant, elle continue de dessiner, mais je ne vois que ses yeux.

— Ça ne va pas ? demande-t-elle de sa voix si bonne.

D'un mouvement d'yeux, je lui montre mon travail, avec un soupir d'impuissance.

— Oh ! ce n'est pas si mal…

— Pas si mal ? C'est médiocre.

Elle a la décence de ne pas me relancer. Bien sûr, on reconnaît l'enfant ; ma foi, ce serait même acceptable pour orner un calendrier, mais ça ne vit pas, c'est inerte.

— Qu'est-ce qui manque ?

— Je ne sais pas, répond-elle.

— Aide-moi.

Et tout à coup, obéissant à une force inconnue, je lui prends la main, comme ça, moi qui ne l'avais même jamais effleurée. Ce geste m'étonne encore aujourd'hui. Nous restons un moment suspendus, telles les images d'un film arrêté. J'ai l'impression d'avoir attrapé au vol un petit être vivant et fragile, et tout mon corps tressaille, mais le petit être quitte aussitôt ma main, et c'est fini.

— Ce n'est pas dans la main, explique-t-elle d'une voix maintenant émue. C'est plus en dedans, c'est la façon de voir, de regarder. La main ne fait que suivre, c'est entre l'œil et la main qu'on dessine, dans la tête, le cœur, l'âme… Ce n'est pas le sujet non plus. Même avec ce qu'il y a de plus banal… un œuf, par exemple…

Et dans le coin de sa feuille, après avoir fermé les yeux cinq secondes, elle dessine un œuf grandeur nature qui semble si vrai qu'on craindrait qu'il ne tombe et se fracasse au sol. Et cet œuf, si je me concentre un instant, je peux le revoir ; c'est son œuf à elle, à nul autre pareil. Cela tient du miracle.

Elle le contemple un instant.

— Voilà, dit-elle. Ce n'est pas ce que l'on a devant soi, c'est ce que l'on a en soi qui est la matière. Le sujet, ce garçon exposé, ce n'est qu'un guide, une référence, un support… Il faut que tu cherches ton œuf.

Je me tais jusqu'à ce que sourdent de ma gorge des mots que je n'attendais pas.

— Je voudrais faire ton portrait.

Elle sourit tristement, fait non de la tête.

— Tu sais bien que ce n'est pas possible, nous sommes trop différents.

Je ne l'ai pourtant pas demandée en mariage, mais elle a raison, c'est tout comme. Je la regarde. Je ne pourrais pas faire son portrait, c'est vrai. Je ne comprends pas ce qui l'anime, je n'ai pas sa lumière en moi.

Elle a de la peine, de la peine pour moi. Elle éprouve une souffrance qui n'est pas la sienne, alors que je ne sais pas moi-même si je souffre. Je ne veux pas le savoir et, retrouvant en quelque sorte mes esprits, je pose mon fusain, je me lève et quitte la salle, quitte l'école, définitivement et, tout aussi définitivement, le monde trouble et menaçant des émotions.

4

Le meurtre est une forme supportable du suicide

J'avais quitté la Vierge qui portait ses auréoles dans les yeux, la Vierge inhumaine de bonté, intouchable et pure, la Vierge aérienne dans la stratosphère de la beauté. Elle était derrière moi. Et devant : rien !

Je suis entré dans un café espagnol. C'était l'après-midi. L'endroit était pour ainsi dire désert. Nappes à carreaux, lampions à résille, fiasques de chianti, toréadors cambrés dans des orgies d'huiles kaléidoscopiques, bref, un rendez-vous d'étudiants barbus, fréquenté aussi par des marginaux, des beatniks, des revendeurs de drogue, idéalement tout ça à la fois, la bohème quoi.

J'étais fauché, comme l'est tout le monde dans le milieu, par principe ou par nécessité, et je me suis assis près de la vitrine, parce que c'était le coin le plus éloigné du comptoir derrière lequel le patron astiquait ses verres. J'espérais qu'il m'oublierait, mais c'est moi qui l'ai oublié. J'avais des envies de sable, de désert, d'arctique ou d'antarctique, des envies de non-existence.

Brusquement, sur la nappe atterrirent une carafe de rouge, deux verres, des olives noires, des biscottes et des médaillons de chorizo. Je n'avais pourtant rien commandé !

— C'est de la part de monsieur Arto, répondit le patron en tournant la tête vers un personnage assis au fond, dont la présence ou l'arrivée m'avait totalement échappé.

Je n'ai aperçu d'abord que son grand chapeau noir au large bord, qui se dressait en forme d'aubergine. C'était un chapeau ridicule, et pourquoi ne l'enlevait-il pas à l'intérieur ? Puis j'ai remarqué son foulard, rouge comme un poivron catalan, ensuite sa cape noire. Le voilà debout, haut comme une apparition ! Rendu à ma table, il a retiré son chapeau et l'a placé contre son ventre. Son front s'allongeait en fourche dans ses cheveux lisses attachés en queue sur la nuque. Il m'a souri, ce qui accentuait l'arc de ses fines moustaches dont les branches impeccables descendaient sur le menton. C'était un visage sans couleur, sans beauté ni laideur, un concept de visage.

Pour la plupart des gens, converser avec un tel individu provoquerait une sensation de profonde insécurité. Or, un moment plus tôt, j'aurais pu quitter ce monde sans plus de cérémonie qu'il n'en faut au commun des mortels pour descendre d'un autobus. Je m'étais plutôt échoué ici, mort en quelque sorte. Ce n'était pas que je fusse malheureux, non, seulement que la vie m'était impossible. Alors pourquoi me serais-je inquiété de l'irruption d'un personnage de foire ?

— Nous ne nous connaissons pas, cher monsieur, mais je me permets d'espérer que vous accepterez de partager avec moi ce modeste goûter.

D'un geste de la main, je l'invitai à s'asseoir, ce qu'il fit en me tendant une carte pourpre avec un lettrage noir en relief :

Alban-Zébulon Arto
Marionnettiste

— Retiré des affaires, précisa-t-il, du moins des affaires ordinaires.

Sitôt assis, il versa deux doigts de vin dans les verres.

— C'est un vin modeste, espagnol évidemment, un rien excessif, mais je crois que cela ne vous déplaira pas dans l'état où vous vous trouvez. C'est en tout cas certainement plus salutaire que cette insipide bière que l'on boit ici ; la bière rend idiot, tandis que le vin sollicite l'intelligence. Ce liquide rouge contient tout de l'humain, la finesse et la bêtise, et tout de la nature, l'eau, le soleil, la terre. Si vous apprenez à aimer le vin, vous vous protégerez pour toujours contre l'ennui.

Je pris une gorgée que je gardai en bouche : c'était chaud comme un midi torride, comme une nuit moite, comme un effort à faire, comme un dernier coup de collier avant de sombrer dans la paresse. Je laissai durer. Les saveurs s'assemblaient et se décomposaient sans cesse ; je m'y perdais, mais qu'importait. Je bus encore.

— Méfiez-vous de l'ivresse, dit-il en avançant le saucisson vers moi. Il faut goûter le vin sans qu'il vous prenne. Ce qui vous arrive aujourd'hui est extraordinaire et vous avez toutes les ressources qu'il faut pour en tirer un profit inestimable.

Comment ce diable d'homme savait-il qu'il m'était arrivé quelque chose ce jour-là alors que je n'en étais pas tout à fait sûr moi-même ? Je ne posai pas la question, et pourtant il y répondit.

— Oh ! cela n'a rien d'extraordinaire, simple déformation professionnelle.

Je n'étais pas certain de saisir. Avec un sourire ambigu, il agita ses longues mains osseuses ainsi qu'on le ferait pour manipuler des guignols.

— J'ai une assez vaste expérience de l'intériorité, si vous me suivez.

Pourquoi cet original était-il venu vers moi ? En quoi pouvais-je l'intéresser ? Il ne me demanda même pas de me présenter à mon tour.

— Laissez de côté les pourquoi et les comment, ce sont des questions sans intérêt. Le fait est que vous existez et qu'il existe plus de vin sur terre que ne permet d'en goûter la durée d'une vie. Le reste est sans importance.

Arto se tut et tira de son manteau un étui à cigarettes.

— Je vous sens encore un peu confus : permettez que je vous offre une petite cigarette de ma fabrication. Cela ressemble, avec un peu de bonne volonté, à cette herbe dont on fait le trafic ici même, le soir. Les alcools sont essentiellement des substances aqueuses et l'eau, comme vous savez, est irrémédiablement portée à s'enfoncer dans le sol ; c'est pourquoi l'homme ivre en vient à se traîner par terre. La fumée, par contre, s'élève et vous fait voir le monde du point de vue des sommets. Fumez donc…

J'obéis. Je n'étais ni soumis ni intimidé : j'étais disponible. Je fumai, et voilà que je me sentis léger, plus léger que jamais.

— Ne gardez pas la fumée en dedans. Le plaisir et l'économie ne font pas bon ménage. En conservant la fumée dans vos poumons, vous créez un choc et vous risquez de vous écraser ; planer est un art d'équilibre. Ne craignez pas de laisser s'envoler la fumée : je possède cette matière en quantité inépuisable, et il en sera de même pour vous si vous le voulez. Gaspillez ! Laissez la bouteille à demi pleine sur la table plutôt que de vous enivrer, ne finissez jamais votre assiette, n'essayez pas de séduire les femmes.

Je fumai encore et les couleurs s'animèrent, la perspective prit chair. C'était agréable. J'écrasai la moitié restante de la cigarette.

— Je vois que vous apprenez vite. Je ne me suis pas trompé sur votre compte : à vrai dire, je ne me trompe jamais. Vous êtes maintenant à même de constater l'essentiel. Il y a en ce monde deux sortes de personnes : vous et les autres. Rares sont ceux qui arrivent à admettre cette réalité sans sombrer dans l'affolement. Vous êtes pour ainsi dire unique.

Ce sera toujours comme ça, avec Arto. Les réponses précéderaient les questions… sans être jamais vraiment des réponses.

Il se pencha un peu dans ma direction et baissa la voix d'un ton.

— Regardez cet homme derrière son comptoir. Regardez-le briquer ses verres comme si chacun était un Graal. Regardez ses yeux noirs qui balaient périodiquement son petit domaine, ses narines frémissantes comme celles d'un lièvre aux abois. Est-ce un homme ? Est-ce un rat ? Il est venu dans ce pays pour trouver la liberté. Il a frotté des verres pendant quelques années, puis il a acheté cet estaminet dans le but de le revamper, et il continue à frotter des verres. Il persiste à penser qu'un jour, il sera libre, mais il s'enferme. Et pour faire bonne mesure, il est devenu amoureux. Il frotte sa femme comme il frotte ses verres. Il croit qu'il est amoureux, mais il se trompe. La femme lui sert de justification, lui évite de se voir tel qu'il est : avide, c'est-à-dire qu'il a horreur du vide, comme la nature de ce vieux Descartes.

J'observai l'homme et, en effet, s'il était injuste de le comparer à un rat, je dus admettre qu'il avait une mine de rongeur. C'était pourtant un bel homme, plutôt grand, racé, avec des cheveux noirs, un nez fin à l'arête péremptoire. Tout le monde connaissait la femme qu'il aimait. Dans le milieu, on l'appelait la *señora corazón*, par dérision affectueuse, puisqu'elle n'était pas plus espagnole que moi. Elle chantait tous les soirs des flamencos pleins de *corazón*, appris on ne sait où, sur une petite scène aménagée dans un coin, accompagnée par un guitariste imbibé de *cerveza*, pendant que ça buvait, que ça fumait et que ça gueulait. Je n'étais pas un habitué du lieu, mais j'y étais venu quelques fois.

J'aurais regardé le *señor roedor* pendant des heures, et peut-être même me serais-je amusé à esquisser son portrait dans un coin du napperon de papier, car je me sentais mieux, maintenant. Toutefois, un petit problème s'insinuait dans mon esprit. J'étais déterminé à ne pas retourner à l'école et, dans ces conditions, il était certain que mes géniteurs me couperaient les vivres. Je n'avais d'ailleurs aucunement l'intention d'aborder le sujet avec eux. J'avais tourné les talons; je ne savais pas vers quoi j'allais, mais je savais que je m'appliquerais à ne plus regarder derrière.

Mes yeux se reportèrent sur Arto, qui me fixait avec une telle acuité que je me demandai si, sous l'effet du vin ou de la fumée, je n'avais pas réfléchi à haute voix.

— Je comprends très bien votre problème, relança Arto. Où irez-vous? Vous n'êtes pas du genre à habiter chez une copine ni à coucher dans la rue. Si vous permettez, je peux vous faire une suggestion qui vous tirera d'affaires, temporairement, bien entendu, car je ne doute pas que votre finesse d'esprit vous libérera bientôt de toute inquiétude quant au lendemain. Soyez attentif et vous saurez vous défaire pour toujours des tâches ingrates que je vous propose d'accepter maintenant.

Il se tourna sur sa chaise avec cette élégance qui m'était déjà familière, et il fit signe au propriétaire qui, à ce moment précis, répondait au téléphone.

— *Ouné séconde, por favor, señor!* lança le propriétaire à notre intention, sans même prendre la peine de placer sa main sur le microphone.

Il semblait de mauvaise humeur et, après de sourdes invectives, il raccrocha avec une brutalité retenue pour venir aussitôt vers notre table.

— Mon ami, est-ce que je me trompe ou si vous n'avez pas besoin, ces temps-ci, d'un nouveau garçon de table ?

— Mais si, *señor* ! C'est extraordinaire que vous me demandiez cela. Je viens d'apprendre que mon serveur a eu un grave accident et on ne sait pas quand il pourra reprendre le service.

— Voilà qui est dramatique, je vous l'accorde, mais providentiel. Mon ami, ici présent, est un remarquable serveur et il cherche justement du travail !

Le soir même, je fis des débuts maladroits, mais somme toute honnêtes dans le métier de garçon de table dans ce restaurant bar qui serait sous peu le théâtre de mon premier meurtre. J'en garde un souvenir réjouissant — du meurtre — peut-être par vulgaire nostalgie, mais aussi parce que, quoique je sache maintenant qu'Alban-Zébulon Arto avait encore, dans l'invisible, tiré quelques ficelles, je pense avoir assez joliment manœuvré.

Au fond, le succès de l'établissement du *señor roedor* reposait sur un malentendu. Le *señor* avait projeté d'ouvrir un bon petit restaurant espagnol qui, grâce aux vertus de ses paellas, se ferait vite une solide réputation auprès du beau monde des professeurs, des artistes cotés et pourquoi pas des critiques. Pour des raisons diverses cependant, le restaurant n'était jamais rempli à l'heure des repas et il eût sans doute déjà fermé si les étudiants n'avaient pris l'habitude de l'envahir en soirée. Les jeudis, vendredis et samedis soir, il y avait tant de monde que je devais porter mon plateau au bout de mon bras. Je dus vite apprendre à jouer du coude et de la hanche. Cela dit, ce boulot se révélait moins mortifiant que ce à quoi je me fusse attendu. Le temps passait vite. Le plus difficile était de faire abstraction de ce que je voyais et entendais, et respirais aussi, mais j'en profitais pour étoffer ma pratique de l'indifférence. Mon parcours d'étudiant avait été si bref et j'y avais été si peu sociable que très rares furent ceux ou celles qui me reconnurent et s'enquirent de ma situation.

Le *señor* n'appréciait pas sa clientèle vespérale, mais il n'avait pas le choix de l'entretenir. Au départ, il avait imaginé la femme de sa vie chantant aux tables des clients distingués : voilà qu'elle se râpait la voix dans la boucane pour un auditoire qui n'écoutait à peu près pas et qui se permettait pourtant de la réclamer les soirs où elle était retenue dans la cuisine.

La *señora corazón* portait parfaitement son surnom. Toujours habillée d'une robe longue rouge feu à frisons noirs, à l'échancrure provocante, elle chantait avec une ardeur inextinguible en ponctuant les *rescados* tonitruants de Pedro, son guitariste, avec force coups de talon et roulements de castagnettes — beaucoup trop d'émotion dans le flamenco. Il était vrai que les clients l'aimaient bien. Les garçons ressemblaient autant à des hidalgos qu'un saint-bernard à un lévrier ; quant aux filles, pour la plupart elles ne se différenciaient guère des garçons, barbe en moins, et fumaient aussi la pipe, parfois. Quand la *señora* terminait son numéro, qui durait une demi-heure et qu'elle reprenait plusieurs fois dans la soirée avec quelques variantes, dont la grande finale où elle braillait des paroles françaises sur le dernier mouvement du concerto d'Aranjuez, elle servait une affectueuse accolade à Pedro, qui passait son gros bras autour de sa taille avec une lubricité mal dissimulée, puis elle revenait tout de suite retrouver son patron et époux qui l'accueillait en l'enlaçant à son tour passionnément et en appliquant un long baiser sur sa bouche beurrée de rouge, de manière à affirmer sa propriété face à tous ceux qui auraient pu en douter.

Ensuite, elle allait s'asseoir à la cuisine où j'avais ordre de lui apporter, toute affaire cessante, un café fumant relevé d'un jet de cognac. Quand je me penchais pour la servir, elle levait vers moi son visage qui sentait le fond de teint réchauffé et me remerciait toujours comme si elle s'imaginait que je faisais cela par considération. Ce petit rituel me permettait d'observer les recoins de sa poitrine, jusqu'à un point ultime où je parvins à identifier un tout petit cœur tatoué avec le nom du *señor* dedans. Arto avait raison : ce n'était pas de l'amour, c'était de l'appropriation. La possession est la façon la plus bête de se lier au monde, et la souffrance est le résultat de l'abolition de la distance entre le monde et soi. C'était le genre de choses auxquelles je réfléchissais quand je portais les *cervezas* aux clients.

Pedro, lui, durant les entractes, s'assoyait sur un tabouret qui lui était réservé près de la caisse, donc près de la porte, et continuait à grignoter des croustilles et à boire de la bière qu'il se servait lui-même. C'était un homme plutôt court, mais doté d'une charpente et d'une membrure imposante : grande ouverte, sa main gauche couvrait la moitié du manche de sa guitare, qu'il talochait davantage qu'il n'en jouait. Je ne saurais dire s'il parlait français tant il était rare qu'il recourût à la parole. Par quelque fin d'après-midi tranquille, il m'arrivait d'assister à de courtes répétitions et c'était toujours la *señora* qui parlait. Ils semblaient complices ; peut-être avait-il été son professeur. C'était aussi un peu le videur de la maison, les rares fois où il s'avérait nécessaire d'expulser un client : la clientèle, malgré ses airs voyous, était pacifique.

Ce fut, tout compte fait, une période supportable, par laquelle il fallait que je passe. Le jour, je restais dans ma chambre et je dessinais de mémoire des visages remarqués la veille. J'avais renoncé à fabriquer une œuvre d'art, je me contentais de commencer une sorte de catalogue. Je ne cherchais pas encore mon œuf.

Comme dans tous les univers, pour que quelque chose arrive, il faut un embryon de déséquilibre, une zone de dépression. Il n'en manquait pas dans ce restaurant bar, mais le phénomène du genre le plus prometteur se faisait appeler Go. Il approchait sûrement de la trentaine. Son front était un rien dégarni, barré d'une mèche de cheveux châtains et lisses. C'était un beau costaud au regard gris, au sourire fin. Il s'assoyait à sa table dès le début de la soirée et la quittait un peu après minuit. Il buvait raisonnablement, mais payait volontiers des traites qu'il réglait rubis sur l'ongle, avec de jolis pourboires. Peu connaissaient son vrai nom. Il est avantageux d'avoir une identité floue lorsqu'on fait le trafic de substances illégales. Oui, il avait l'air comme ça d'un gentil gourou, mais c'était en réalité une brute qui ne perdait jamais de vue ses intérêts. Il avait adopté cet endroit parce que la police n'y venait à peu près jamais, débordée qu'elle était par les bars situés dans les quartiers à haut indice de criminalité.

Le *señor* détestait Go ; il savait très bien ce que ce dernier venait faire dans son établissement et il était déterminé à l'en chasser. Go était déterminé à rester : il exploitait un réseau de dealers sans envergure, mais il avait la chance d'opérer dans un marché qui n'était pas encore tombé sous la coupe des empires criminels, et à partir duquel il comptait s'imposer. Les artistes en herbe, même désargentés, étaient à l'avant-garde de l'engouement pour les drogues douces qui allait déferler sur l'Occident dans les années soixante, et ils étaient ouverts à des expériences plus poussées.

Les hostilités entre le *señor* et lui étaient déclarées, mais personne n'avait encore tiré. Le *señor* avait la loi pour unique arme. Il avait menacé Go de recourir aux forces de l'ordre, mais le scandale aurait sonné la fin de ses espoirs de restaurant chic. Il était coincé entre deux maux.

Go, lui, disposait d'argent et d'hommes de main, mais il devait se garder d'attirer l'attention.

Quelques semaines après mon arrivée, en un début de soirée où la clientèle tardait à se présenter, le *señor,* pour des raisons que je ne suis pas en mesure d'expliquer, décida de lancer un ultimatum à Go. De derrière le bar, le *señor* lui cria :

— Va vendre tes cochonneries dans la rue, à la taverne, où tu veux, mais pas chez moi. La prochaine fois que tu mets les pieds ici, j'appelle les flics.

Il brandit le combiné du téléphone pour appuyer sa menace.

— Attention, *señor,* rétorqua Go, je peux te faire beaucoup de mal, alors que ce serait si facile de nous entendre. Tiens, ne penses-tu pas que tes chaises auraient besoin d'un bon rembourrage ? Et la sono n'est pas fameuse, n'est-ce pas ? La si belle voix de ta femme mérite mieux. Pourquoi démolir quand on peut construire ?

Sur ces derniers mots, il tourna un brin la tête. Son garde du corps, un taupin insignifiant assis à une autre table, attendait ce signal pour s'exprimer en se craquant les jointures.

— Laisse ma femme tranquille, cracha le *señor.* C'est un endroit honnête ici et mon argent, je le gagne tout seul. Tu ne me fais pas peur, je peux me défendre. Hein, Pedro ?

Pedro, qui mangeait un sandwich sur le zinc, répondit en allongeant les bras devant lui et en faisant à son tour craquer ses jointures, avant de caler la moitié de son demi de blonde. Dans un combat à finir, je n'étais pas sûr qu'il aurait perdu contre le taupin: au point de vue force, il eût concédé un certain avantage, mais il devait être anesthésié en permanence par l'alcool et l'autre aurait pu se brûler à lui taper dessus pour finalement succomber à une prise de tête.

À moi, qui m'étais accroupi pour amorcer un nouveau baril de bière à la pression, on ne demandait rien. Le patron savait bien que je ne défendrais jamais personne. Comme je me relevais, Go me jeta un coup d'œil en coin. Je sentais qu'il aurait voulu y aller d'une menace un peu plus pointue, mais il ne me connaissait pas encore et j'étais un témoin potentiel. Il battit en retraite. Il quitta le restaurant et on ne le revit pas de la soirée.

Je fis mon service comme à l'habitude, et à vrai dire, plus facilement, car l'absence de Go avait fait tourner les talons à une part des habitués. Mes pourboires en souffrirent. Par contre, j'eus le loisir de réfléchir. Les paroles d'Arto me revenaient à l'esprit: *« Je ne doute pas que votre finesse d'esprit vous libérera bientôt de toute inquiétude quant au lendemain. »* Quoi qu'il advînt, les choses, ici, étaient destinées à se gâter. Pourquoi me contenter d'être spectateur, voire victime? Pourquoi ne pas profiter de la situation? Et voilà qu'un plan se dessina dans mon esprit.

Go était plutôt facile à trouver.

Il prenait ses petits-déjeuners au snack-bar du coin. Je m'y présentai vers onze heures du matin. Il était attablé devant un plat d'œufs tournés dans la poêle, une pratique culinaire qu'à l'époque déjà, sans bien comprendre pourquoi, je considérais comme sacrilège. Mon irruption l'étonna.

— Je peux m'asseoir?

— Est-ce que le *señor* envoie son garçon de table pour m'annoncer qu'il est enfin devenu raisonnable ?

— Est-ce que vous permettez que je m'assoie ?

Il me regarda plus étonné encore. S'il fallait que nous fassions des affaires ensemble, je tenais à ce que les choses soient claires dès le départ : pas de babillages ni de familiarités.

— Faites toujours, *Monsieur*! répondit-il avec ironie.

— J'irai droit au but. Je suis ici de mon propre chef et mon patron n'en sait rien. Je présume que je peux compter sur vous pour qu'il en reste ainsi, quel que soit le résultat de notre entretien.

— Cause toujours.

— Je connais le *señor*: jamais il n'acceptera de compromis avec vous. Ce n'est pas vraiment l'argent qui l'intéresse, c'est le prestige. Vous avez voulu l'intimider et cela l'a rendu irrationnel. Si vous planifiez de conserver cet établissement comme plaque tournante de vos opérations, il faudra que le *señor* parte.

— Le garçon de table ne voudrait pas prendre sa place, par hasard ?

— Non. Je veux ficher le camp de ce trou, pas m'y enliser. Ce que je vous propose, c'est de me charger de faire disparaître le *señor.*

— Je peux m'occuper de ça moi-même, garçon, dit-il en lorgnant du côté de son taupin, qui mangeait aussi des œufs, comme s'il ne nous avait jamais vus de sa vie.

— C'est certain, mais si vous acceptez mon offre, je vous garantis que pas même l'ombre d'un soupçon ne vous effleurera. Seul inconvénient, il faudra que vous vous absteniez de fréquenter l'endroit d'ici à ce que tout soit réglé.

Go plissa les yeux et ses narines frémirent comme s'il humait quelque chose. Il jaugeait.

— Je ne te connais pas. Pourquoi je te ferais confiance ?

— Vous ne me paierez qu'une fois le travail accompli.

— Très intéressant. Mais de ton côté, comment peux-tu être sûr que je remplirai ma part du contrat ?

— Quand vous verrez le résultat, vous voudrez vous ménager la possibilité d'avoir de nouveau recours à mes talents. Et, en homme prudent, vous feriez-vous un ennemi d'un tueur ?

— Tu es bien sûr de toi... Bon, puisque je ne risque rien, je vais te donner ta chance. Une chance. Il ne faudrait pas que ça tarde, et encore moins que ça rate. On ne joue pas au baseball, il n'y a pas trois prises, il n'y en a même pas deux. Une seule, et tu es *out* ! C'est clair, garçon ?

— Limpide. Reste à nous entendre sur le prix.

Je réussis à obtenir une somme qui devait me permettre de tenir une bonne année, surtout que l'opération, telle que je la concevais, nécessiterait un minimum de frais.

Les drogues de toutes sortes ont été les instruments privilégiés du crime bien avant d'en devenir la cause.

Il ne me fallut qu'un peu de patience et de perspicacité pour dénicher, dans un secteur mal famé du centre-ville, un revendeur auprès duquel je me procurai du LSD et des amphétamines. J'avais besoin aussi de feuilles à dessin, dont je faisais de toute façon grand usage. Seule dépense un tant soit peu notable, à laquelle je consacrai une bonne part de mes maigres économies : l'achat d'un appareil photo et d'un équipement usagé de chambre noire, que j'installai dans mon placard.

Un dessin bien fait, photographié, retouché, photographié de nouveau en jouant du flou et du contraste, ainsi de suite autant de fois qu'il le faut, finira par ressembler à s'y méprendre à une photographie. (Aujourd'hui, il paraît qu'on fait tout cela en trois clics avec un ordinateur.) Ce que j'avais pu entrevoir de la poitrine de la *señora corazón*, particulièrement son tatouage intime, combiné à ce que n'importe quel œil observateur pouvait déduire en analysant ses déhanchements, me permit de brosser quelques portraits vraisemblables d'elle à demi nue, portraits que, par le procédé que je viens de mentionner, je maquillai en photographie. Je consacrai tous mes loisirs à ce travail et, après deux semaines, je m'étais monté une remarquable collection de portraits de la belle dans des attitudes lascives. Il ne resterait qu'à fabriquer la scène finale.

Au restaurant, je ne perdis pas mon temps. Le *señor* souffrait de caféisme, et il en buvait sans arrêt. Ce fut un jeu d'enfant pour moi que de laisser tomber dans sa tasse une goutte ou deux du cocktail amphétamines et LSD que j'avais concocté. Heureusement pour lui, qui ne perdit rien pour attendre, j'en usai d'abord modérément; mon objectif n'était pas de catapulter le *señor* dans le sidéral, mais de le maintenir dans un état constant de fébrilité proche de l'hallucination.

Mon plan fonctionna à merveille. Après une semaine, le *señor* avait le regard creux d'un possédé. La *señora corazón* s'inquiétait. Il ne voulait pas se reposer, il ne se sentait pas fatigué, et plus les jours passaient, plus il se convainquait que la disparition de Go était définitive. Il s'enthousiasmait.

J'ai augmenté la dose. Il commença à devenir agaçant.

Alors, par la poste, lui est parvenue la première photo. Le facteur passait vers trois heures. C'était un peu tôt pour moi, mais je fis une exception. Le patron ouvrit l'enveloppe, la déchira plutôt, car il tremblait toujours un peu, et écorcha un coin de la photo. De mon côté, je frottais, en évitant de siffloter. Le LSD et les amphétamines altèrent la vision : pour le *señor*, c'était bel et bien une photographie. Il faut dire que mon travail était réussi, et puis, quand on tient en main un rectangle de papier Kodak, on s'attend à voir une photographie. Tout de suite, ses sourcils se froncèrent, ses lèvres se contractèrent et son nez émit de brefs reniflements comme s'il voulait vérifier par l'odorat ce que la vision lui révélait. La femme de sa vie était là, devant lui, nue sous une serviette jetée en travers de son épaule, un sein presque découvert, sur lequel le tatouage intime luisait tel un cachet d'authenticité. Elle semblait assise de biais devant une coiffeuse hors foyer et regardait la lentille avec une moue de baiser sur les lèvres. Je ne comprends pas l'espagnol, mais je sais reconnaître un juron quand j'en entends un, et là, j'en entendis une douzaine. En trois enjambées, il fut dans la cuisine, brandissant la photo sous le nez de la pauvre *señora* interloquée.

Je ne pouvais pas les voir, mais je les entendais, lui invectivant en espagnol, elle répondant dans le français atrophié des quartiers populaires. En fait, elle ne faisait que l'exhorter à se calmer. Qu'aurait-elle pu dire ? Elle ne comprenait pas.

— C'est même pas un vrai portrait ! Regarde comme il faut !

« Oh ! C'est un vrai portrait, madame ! répondis-je dans ma tête. Vous voulez sans doute dire que ce n'est pas une vraie photographie ! » Pour elle, c'était l'évidence même, mais pour lui, cela l'était moins. Elle parvint malgré tout à le raisonner. Avec tous les artistes qui fréquentaient la boîte, il pouvait bien s'en trouver un qui eût développé un fantasme. Mais le tatouage ? Quelqu'un qui l'aurait observée amoureusement aurait peut-être pu l'apercevoir. En bout de ligne, la question de l'extrême fatigue du restaurateur revint sur le tapis.

Je cessai temporairement le traitement à la petite goutte avec le résultat que le *señor* retrouva presque du jour au lendemain une mine superbe : il avait dû dormir des nuits d'ours. Je ne voulais surtout pas qu'il consulte un médecin. La trêve serait cependant de courte durée.

Je repris bientôt le traitement, mais avec des doses augmentées et des photos encore un peu plus suggestives. La *señora corazón* protestait toujours de son innocence, arguant entre autres qu'elle ne quittait guère son conjoint que pour aller faire les courses. Mais un homme jaloux n'entend pas raison facilement, encore moins un homme jaloux chimiquement intoxiqué, et si le *señor* faisait mine de se retrancher, il était évident que, en son for intérieur, l'acide de la suspicion poursuivait son œuvre de corrosion.

Passons sur les détails. Ce que je retiens, c'est l'état de bien-être dans lequel, moi, je baignai tout au long de l'opération.

Pour la première fois de ma vie, je me sentais en parfait accord avec ce monde. Il ne s'agissait ici aucunement de joie sadique ni de soif de puissance, non, seulement d'une froideur tranquille. J'avais mis en place une jolie mécanique, elle fonctionnait, et c'était la seule chose qui comptait. Je n'éprouvais nulle haine envers le *señor*, ni envers personne d'autre, il n'avait aucune importance, et je n'en avais pas davantage. Oui, je me sentais en parfait accord avec ce monde, mais justement parce que je m'en détachais. J'avais trouvé ma voie.

Qu'on me fasse grâce de l'expression « tueur à gages », qui évoque les mains sales et les bleus de travail. Autant que possible, je laisse mes victimes se charger de la sale besogne et se tuer elles-mêmes. Je préfère un mien néologisme :

trépasseur. C'est plus convenable, presque noble. Cela évoque une certaine forme de guidance. Quand on y songe, tuer quelqu'un, ce n'est que lui faire prendre une avance sur la fatalité, puisque nous mourrons tous. On dira qu'on lui vole sa vie, mais quelle vie au juste ? Qui sait si la victime ne se serait pas découvert un cancer mortel un peu plus tard, ou n'aurait pas péri le lendemain dans un accident de voiture ? Assassiner, ce n'est que changer une date dans un agenda.

Et, en quelque sorte, je me tuais aussi, dans le sens où le commun des mortels entend le verbe vivre. Tuer les autres, c'est admettre que l'on peut soi-même être tué — je sais qu'il existe actuellement bien des personnes qui aimeraient savoir où je me terre. On ne peut devenir un bon *trépasseur* que si l'on a au préalable accepté la mort pour soi. Si sa propre vie n'a plus d'importance, alors imaginez celle des autres… Mais le meurtre a sur le suicide un énorme avantage : on ne contemple jamais les résultats de son suicide. Je précise que je n'ai pas trouvé de plaisir à tuer, pas davantage que le chirurgien, je suppose, à tailler dans la chair. Je prenais goût au travail bien fait.

Le troisième envoi de photos, qui suivit lui aussi une période de repos, fut plus irritant encore. La *señora corazón* apparaissait cette fois étendue sur le dos et la main velue d'un homme, dont on devinait la tête dans le creux de l'épaule opposée, pressait doucement un sein. J'avais conçu chacun des portraits de telle manière que seuls apparussent clairement les détails que j'avais pu noter — la *señora*, certains soirs, ne revêtait son costume de scène qu'à la dernière minute et, comme la salle était déjà pleine et les cabinets inaccessibles, elle devait le faire dans la cuisine où je passais souvent. Disons que j'avais l'œil vif.

Le *señor* réagit de façon spectaculaire. Le fait qu'il se fût agi ou non de véritables photographies se trouva définitivement relégué au plan des détails insignifiants. Il voulut savoir qui était l'homme. La *señora* protesta d'abord de son innocence avec des gémissements de chien grondé. Le *señor* la saisit par les bras, la gifla. Nous étions sur la bonne voie.

La *señora* était vigoureuse et elle se dégagea, elle s'empara d'une grosse fourchette à viande et la brandit. Qu'il n'osât plus jamais la frapper ! Elle en avait marre. Elle suait dans ses cuisines, sur la scène, endurait les clients, et tout ça pourquoi ? Lui ne pensait qu'à son affaire, à son minable bistrot. Elle n'était pas sa chose. Encore un peu et elle lui enfonçait la fourchette dans la gorge. Voilà qui aurait réglé l'affaire un peu plus vite que prévu. Mais il y avait Pedro, le guitariste, qui, alerté par les éclats, sortit des toilettes et s'interposa.

— *Calma ! Calma !*

Le *señor* n'était pas de taille face à la carrure ursidée du guitariste. Il s'écroula sur une chaise et se mit à pleurer. Pedro s'empara des photos, les déchira et les jeta aux ordures.

— *Un loco ! Es un loco !*

La *señora* déposa l'arme, tomba à son tour assise. On respira lentement. On se parla un peu, des banalités tout à coup. C'était vendredi. Les premiers clients se pointaient déjà.

Je ne mis plus rien dans le café du *señor* ce soir-là, mais il s'épuisa lui-même à scruter la clientèle, à chercher s'il n'y en avait pas un qui regardait sa femme d'une façon particulière, ou si sa femme ne faisait pas d'œillades complices. La *señora* fit son tour de chant comme d'habitude, sauf que ses complaintes auraient arraché des larmes à un monolithe.

Pas de service postal le samedi, c'était prévu. Dans la matinée, j'ai revêtu mon premier déguisement : fausses lunettes et fausses moustaches. Je suis sorti et j'ai repéré, à un poste de taxi, un chauffeur en attente qui dégageait une aura de sain pragmatisme, prêt à remplir un contrat particulier, une enveloppe à livrer en fin d'après-midi, à une heure très précise, et qui accepta surtout mon dernier gros billet en guise d'explication.

Dix-sept heures trente.

Le *señor* a vidé d'un trait sa tasse de café. Depuis mon arrivée pour la mise en place du soir, il fonctionnait sur le pilote automatique. La nuit n'avait pas dû être de tout repos. La *señora* était livide.

« Bois, *señor*, bois, cela va te remonter. » Et pour cause ! J'avais mis dans son café de quoi faire gazouiller un pachyderme.

Dix-sept heures quarante-cinq.

Le *señor* s'est assis, s'est frotté les yeux, puis la panse : violente contraction des viscères, effet secondaire des amphétamines, pas vraiment souffrant, inquiétant. Un quatuor de clients est entré, que j'ai guidé vers une table au fond. Le *señor* s'est relevé : sueurs froides, gorge déshydratée. Il a cherché l'évier du bar, pourtant toujours à la même place ! Juché sur un tabouret pour grignoter des tapas arrosés d'un carafon de rouge, Pedro ne le lâchait pas de son regard perplexe. La *señora* était dans la cuisine, en train de mettre nerveusement la dernière main à la base de sa paella, à laquelle il ne resterait qu'à ajouter les garnitures déjà cuites. Il n'y avait que moi qui fonctionnais comme d'habitude. J'ai pris les commandes d'apéritifs. Le *señor* avait enfin retrouvé son évier, il s'aspergeait le visage et buvait à même le robinet comme s'il était seul aux confins du désert. Je fis signe à Pedro de ne pas s'en faire pour la salle, dont je pouvais me charger tout seul. À vrai dire, l'heure du repas n'était jamais guère qu'une période d'échauffement pour moi.

Dix-huit heures trente.

C'était l'heure prévue pour l'entrée du chauffeur de taxi. Il y avait maintenant dans la place une douzaine d'amateurs de paella, tous et toutes attablés au fond, dont je m'étais occupé avec diligence. C'était à peu près le nombre habituel.

On en était à la minute de vérité. Tout mon plan reposait sur la fiabilité d'un chauffeur de taxi inconnu. S'il ne se présentait pas, j'étais fini.

Dix-huit heures trente-cinq.

Le doute est la pire des saloperies inventées par la conscience. À proscrire ! Il allait venir. La porte s'ouvrit. Je reconnus la casquette, l'enveloppe. Je posai des bières sur une table, remplit les verres d'eau à une autre... Je devinais la scène qui se déroulait dans mon dos. Une enveloppe brune à remettre en mains propres au *señor.* Je revins vers le bar. Le *señor* tenait l'enveloppe, la regardait fixement. Il tremblait. Il aurait voulu retenir le messager, mais celui-ci avait respecté la consigne et était prestement disparu.

Le *señor* hésitait. Une voix devait lui dire de ne pas ouvrir cette funeste enveloppe, mais il ne l'écouta pas et ses mains enragées déchirèrent le papier. La photo s'échappa, tomba, il la rattrapa. Pedro, à sa place habituelle au bout du bar, ne voyait qu'un verso blanc. Il se demandait s'il devait intervenir. Le visage du *señor* était une merveille de colère et d'incrédulité, l'expression pure de l'émotion dévastatrice, une véritable étude de genre. Que fixait-il avec horreur ? Il fixait la *señora,* couchée sur le dos, les hanches arquées, la tête légèrement renversée, la chevelure répandue sur un oreiller, les yeux mi-clos, les lèvres entrouvertes sur le bout de sa langue et, au-dessus d'elle, émergeant d'un savant fouillis de draps, appuyé sur un coude invisible pour laisser bien en vue la poitrine de la femme et son petit tatouage, un corps d'homme, grossier et velu, avec une main sous le drap et la tête, la tête surtout, qui lui lèche goulûment le cou, la tête à demi chauve et le profil sans finesse de Pedro, le guitariste !

Le corps de Pedro, cela va de soi, était composé d'un quart de déduction et de trois quarts d'imagination, mais seul lui-même aurait pu le savoir… et la *señora* aussi, à ma plus grande surprise ! La suite fut fulgurante.

Le cœur du *señor,* j'imagine, frappait à grands coups de masse le gong de la révolte, et chaque coup se répercutait dans sa tête en un écho assourdissant, investissait ses membres, et la totalité de son être ne respirait plus qu'au seul rythme de la fureur : frapper, frapper, frapper !

Il laissa tomber la photo et, par-dessus le bar, agrippa la chemise de Pedro, balayant du coude une bouteille, un verre, un cendrier. Pedro en perdit sa cigarette, mais repoussa le tabouret et se dressa. Je ne comprenais pas ce que le *señor* criait, mais Pedro répliquait par des « Ho ! » sur le même ton qu'on emploierait avec un cheval fou, tout en retenant les poignets du *señor.* Ce dernier, de toute manière, se rendit très vite compte qu'il ne pourrait rien faire avec le comptoir entre eux deux. Alors il voulut se retourner, sûrement pour aller dans la cuisine, mais Pedro ne lâcha pas prise et tout en retenant par la manche de sa chemise son adversaire qui se débattait pour s'échapper, il sauta par-dessus le bar et atterrit de l'autre côté dans un fracas de verre brisé. Le *señor* invectivait sans répit, mais un autre cri me fit tourner les yeux : la *señora*, dans l'embrasure de la porte, la main sur la bouche, ne voulait pas croire ce qu'elle voyait.

Je reportai mon regard vers les deux antagonistes. Le *señor* s'était emparé du couteau qui servait à trancher les fruits de la sangria. Pedro voulait lui saisir le poignet, mais n'arrivait pas à maîtriser son patron déchaîné : un coup fut porté de bas en haut et la lame pénétra dans le cou et, probablement déviée par le larynx, toucha la jugulaire. Pedro lâcha son opposant pour porter ses mains à l'entaille, vaine tentative d'endiguer le sang qui, dans la chute à genoux de son corps, gicla sur les bouteilles et sur le miroir. Le *señor*, enragé, frappa encore. Pedro, dans un geste désespéré de son bras que la puissance n'avait pas encore déserté, réussit à repousser son agresseur qui recula, puis il se chercha un abri en s'agitant dans son sang tel un poisson moribond.

Il ne glissa pas dix centimètres que la *señora* fut sur lui :

— Pedro ? Pedro, mon amour, qu'est-ce qu'il t'a fait ?

La question est bête : indiscutablement celle d'une femme amoureuse. J'aurais dû y penser. Peut-être bien que le *señor*, lui, se doutait de quelque chose, mais on ne le saurait jamais.

Il va sans dire que la vue de la *señora corazón*, apitoyée sur le corps agonisant de son amant révélé, n'avait rien pour ramener le patron à lui. Il se tenait accoudé au frigo, le couteau rouge de sang au poing, la bouche toujours ouverte — ce qu'il devait avoir soif ! — et il râlait comme une bête.

Je devinai ce qu'il allait faire… et il le fit, du moins presque. Il leva le bras pour frapper la *señora* qui lui offrait un dos sans défense. Il y avait une fiasque de chianti à portée de mon bras. Je la saisis et, me hissant partiellement sur le bar, je la rabattis sur le crâne du *señor*.

Hormis le fait de ne pas avoir découvert la liaison secrète entre la chanteuse et son guitariste, liaison presque naturelle si l'on songe aux heures de répétitions et au caractère démesurément affairiste et possessif du patron, ce coup de bouteille opportun est le seul aspect de mon premier meurtre dont je ne sois pas fier. Je suis mal à l'aise avec la violence physique. Mais je n'étais alors qu'un débutant. Quoi qu'il en soit, je préférais, pour la suite de mes affaires, que la *señora* ne pérît point.

Le *señor* vacilla et tomba ridiculement sur le derrière en se tenant la tête et en geignant, et sa plainte, ajoutée aux sanglots de la chanteuse et aux ultimes gargouillis de Pedro, complétait un concert pour le moins tragique. Dans la salle, les clients étaient soit debout avec de grands yeux ronds, soit couchés à plat ventre sous les tables.

— Appelez la police ! cria une voix féminine.

Comme je composais le numéro, le *señor* se releva tel un polichinelle sortant de sa boîte. Il avait les yeux comme des volcans. J'eus peur qu'il ne s'en prenne à moi, mais il réagit plutôt comme une bête traquée et avant que je puisse faire quoi que ce soit — je n'avais de toute façon pas la moindre intention de bouger — il passa la porte et fonça dans la nuit glacée.

Il rendit l'âme quelques minutes plus tard, dans un minimum de souffrances, la tête écrasée par la roue d'un autobus. Sa mort n'était pas indispensable, mais elle me procurait l'impression d'un travail achevé et, comme je l'ai dit plus haut, le sentiment tellement apaisant de ma propre mort.

L'enquête policière fut brève et conclut sans surprise au crime passionnel : afin de faciliter les choses, j'avais fait disparaître la fausse photo et son enveloppe. La *señora* n'avait pas eu le temps de prendre conscience de son existence ; quant aux autres photos, elle n'en parla jamais, toute à son double deuil, et le passage du chauffeur de taxi ne fut jamais relevé, car les clients, à peine une minute après le départ du *señor,* avaient choisi, dans un mouvement étonnamment mutuel, de lui emboîter le pas, non pour le rattraper, mais pour esquiver les fâcheuses obligations qu'on impose aux témoins d'un crime. Et le chauffeur, lui-même, grand consommateur de faits divers comme le sont la plupart de ses collègues, s'était sûrement rendu compte qu'il avait été le complice d'une tragédie, mais il se soumit à la règle du secret professionnel. Je retins ses coordonnées et ce fut toujours à lui que je fis appel quand j'ai eu besoin d'un taxi. Les royaux pourboires dont je le gratifiais systématiquement m'ont assuré de son entière disponibilité et de son absolue discrétion.

Quand l'établissement reprit ses activités, une dizaine de jours plus tard, j'avais comme nouveau patron le taupin de Go. La sagesse me commandait de rester à mon poste quelque temps encore et je fus payé, comme il avait été entendu, par-dessous le comptoir, littéralement. Ce petit manège dura deux mois, après quoi je quittai ce qui allait s'avérer être le dernier emploi de ma vie. J'avais de quoi vivre pendant un an, facilement, mais six mois plus tard, je lus dans un grand quotidien la petite annonce suivante :

« Entreprise en pleine expansion recherche homme d'expérience spécialisé dans les opérations délicates. »

C'était un code, une procédure convenue avec Go. Je téléphonai au numéro qui concluait l'annonce. Une voix m'expliqua qu'il s'agissait de neutraliser une bande de motards qui tentait de supplanter Go et son réseau. Les honoraires étaient beaucoup plus importants.

Il s'agissait d'une opération autrement complexe que la première, mais je m'y attaquai avec assurance. Je savais que mon intuition ne me trahirait pas: l'intuition, c'était la part d'Alban-Zébulon Arto, mon obscur allié. Je n'en étais pas alors pleinement conscient, mais le mal est une chose qu'on n'accomplit jamais tout seul.

Et ce fut mon deuxième succès. Plus d'un an après, la police a repêché, au fond d'un lac, toute une collection de cadavres soigneusement enveloppés dans des sacs de couchage. La lumière n'a jamais été vraiment faite sur cette tuerie.

Go était un homme d'avenir. Je ne le revis en personne que beaucoup plus tard, dans ma retraite, en des circonstances qui seront bientôt relatées, et il vint un temps où je ne sus plus très bien si je travaillais pour lui ou plutôt pour un allié objectif auquel il eut soufflé la façon de me joindre.

Je ne raconterai pas en détail chacun de mes meurtres. Ce sont des histoires dont pourrait tirer profit un auteur de polar ou un réalisateur de télévision. Ce n'est pas mon cas. Je n'écris pas afin de divertir, j'écris parce que j'ai trébuché, parce que je suis tombé, parce que je suis aujourd'hui confronté à cette fameuse souffrance que chaque pas dans ma vie avait pour but d'éviter.

Je dirai tout de même un mot sur le dernier, l'élimination d'un des barons du cartel de la cocaïne, celui qui m'a permis de m'installer en pépère sur cette galerie où vint un jour me rejoindre ce chat de malheur.

Un meurtre sans finesse, celui-là, digne d'un tueur à gages, qui m'a rapporté davantage d'argent que de fierté, mais il le fallait. Il faut dire que les *trépasseurs* évoluent aussi ; vient un temps — je le présume, car je n'en connais pas d'autres — où ils ont envie de s'arrêter, un temps où ils ont l'impression que tout a été fait et qu'ils doivent s'engager dans la sortie tandis que la porte reste ouverte, et où, par conséquent, ils sont davantage disposés à laisser de côté les préoccupations esthétiques pour se concentrer sur l'objectif.

Il s'agissait d'un contrat mirobolant, tellement lucratif, que, même si je n'ai encaissé que la moitié de la somme promise, la notion d'argent a, depuis, perdu tout son sens pour moi. J'avais pris prétexte du fait que le théâtre des opérations se situait en Amérique latine pour exiger de recevoir la moitié de mes gages d'avance.

Pour la première et seule fois de ma carrière, j'ai recouru aux explosifs. J'ai emprunté l'allure d'un de ces touristes égrillards que, par dérision pour leurs manières frustes et leur langage truffé de jurons d'origine religieuse, les Latino-Américains surnomment *los tabarnacos.* On m'avait fourni les coordonnées du caïd, dont celles du restaurant où il prenait régulièrement ses repas. Je m'y suis rendu au juste moment, avec une femelle de la même engeance que mon personnage, quadragénaire, ventru et en mal de caresses, que j'avais levée au préalable dans le salon de l'hôtel. J'ai posé devant elle, sur la table, un cadeau imposant et bien emballé, qui lui a fait écarquiller et humecter tout de suite les yeux. Les molosses qui entouraient ma victime nous scrutaient du coin de l'œil, mais la mise en scène était parfaite, à cause surtout de la bonne femme qui ne se doutait de rien.

Avant qu'elle ouvrît son cadeau, j'ai prétendu avoir oublié quelque chose dans la voiture.

Aussitôt derrière le volant, j'ai mis le moteur en marche, la transmission sur D, puis, le pied sur le frein, j'ai pris dans la boîte à gants la télécommande et appuyé sur le bouton.

La déflagration a été tellement formidable que j'ai eu l'impression que son souffle brûlant me poussait au moment où je lâchais le frein pour prendre le chemin de l'aéroport. Cela semble facile et ça l'a été effectivement: il suffisait de le faire. Les gardes du corps, à leur grand dam, ne se sont pas méfiés d'un *tabarnacos* ni de sa compagne, dorénavant difficile à identifier à partir des multiples lambeaux de sa personne.

Ainsi que je l'ai déjà dit, je n'ai surtout pas pris le risque de toucher l'autre moitié de mes émoluments. J'escomptais que, dans le milieu, on en conclurait que j'avais disparu corps et âme, que je n'existais plus.

Je suis rentré chez moi, dans cette maison même où je suis en train d'écrire, avec la ferme intention de devenir aux yeux de tous un petit vieux insignifiant. Je le suis devenu, en effet, à mes propres yeux surtout, emprisonné pour le nombre inconnu des jours qu'il me reste à vivre dans un rôle que je prétendais composer.

Pour échapper à la souffrance, j'avais renoncé au monde, et maintenant que la souffrance m'a rejoint, je me retrouve tout de même tout seul.

5

Les vivants ne hantent pas les morts

Tout bon passé est un passé mort, disais-je, mais il en est qui s'accrochent.

Je revis la Vierge malgré moi, par hasard, alors que j'œuvrais comme trépasseur depuis déjà quelque cinq années.

Mes affaires étaient florissantes. Je reçus une commande inhabituelle, au-dessous de mes compétences : on me demandait d'éliminer un directeur d'école, sans doute pour ouvrir le poste à un protégé quelconque. Ce serait cher payé pour si peu, et cette proposition me laissa un rien perplexe.

Toujours est-il que, ayant adopté le sain principe de ne jamais m'interroger sur les mobiles des commanditaires, j'acceptai ce contrat sans offrir de rabais.

Je pris rendez-vous avec le sujet sous le prétexte d'inscrire dans son établissement un neveu suisse. Je soupçonnais les directeurs d'école d'être les pires snobs qui se puissent trouver ici-bas et celui-là, qui se targuait d'offrir un programme orienté vers les arts, confirma d'emblée tous mes préjugés.

L'école disposait d'un petit stationnement fort encombré où j'avais quand même réussi à garer « ma » voiture, volée la veille. Je n'eus aucune difficulté à repérer celle du directeur, puisqu'un écriteau marquait l'emplacement qui lui était réservé. C'était une familiale bon marché, malpropre en dedans comme en dehors ; je me serais attendu à davantage de tenue. Sur le tableau de bord, la tache rouge vif d'un paquet de cigarettes me suggéra tout de suite une façon de procéder.

Cette école semblait en perpétuelle récréation. Des jeunes de tous âges couraient et se bousculaient, quand ils ne grimpaient pas sur le rebord des fenêtres, d'où ils se laissaient choir sur leurs camarades plus grands qui leur filaient des taloches en sourdine. C'était une volière ! Il s'agissait d'une de ces écoles libres, fondées sur l'idée saugrenue que les humains sont naturellement bons et intelligents, alors que des milliers d'années d'histoire démontrent le contraire.

Je fus reçu sur-le-champ.

— Soyez « la bienvenue » ! me lança un homme plutôt grand, se méprenant sur la grammaire française et non sur mon sexe.

Il m'invita d'un geste à m'asseoir. Il ne me fallut que quelques secondes pour tracer dans ma tête le portrait du bonhomme qui, sous des dehors extravagants, cachait un individu primaire. Sur son pupitre en désordre, qui évoquait une mer houleuse, flottait un cendrier dans lequel des dizaines de mégots s'arrachaient les places comme les naufragés de la Méduse.

J'étais donc en face d'un fumeur compulsif… et d'un énorme fumiste. Il avait commencé, comme tous les fumistes, par s'excuser de tout, de son âge, de sa fatigue, du manque de temps, du surcroît de travail. En fait, il était encore bien trop jeune pour réclamer sa carte de l'âge d'or, mais j'avais déduit, par l'affaissement de sa paupière droite et par la nonchalance de son maxillaire inférieur, que ce n'étaient pas uniquement les ans ni le travail, mais aussi l'alcool qui l'avait miné, par-dessus le tabac bien entendu. Il portait des lunettes qu'il ne se souciait pas d'éclaircir et trouvait le moyen de paraître décoiffé malgré un front à moitié dégarni. Pour me recevoir, il avait remis son veston et mal ajusté une cravate fanée. Il cherchait visiblement à se donner l'image d'un visionnaire malheureux accablé de tâches administratives de par l'étroitesse d'esprit des pouvoirs publics.

Notre entretien dura une bonne demi-douzaine de cigarettes. L'homme pérorait dans un français entrelardé d'anglais et de tournures confuses dans le genre de celle par laquelle il m'avait accueilli, et qu'il employait avec une assurance révélatrice d'une ignorance joyeuse.

Sa vision de l'éducation était un salmigondis de tout ce qui s'est dit de gentil sur le sujet depuis Jean-Jacques Rousseau. En résumé, il croyait qu'apprendre à un enfant à frapper toutes les deux secondes sur un xylophone en bois, ou à le laisser gaspiller de la gouache à volonté sur du papier journal, contribuait à en faire un citoyen épanoui. Il avait mentionné une étude du musée Guggenheim, de New York, à l'appui de ses thèses, mais comme je m'y attendais, il n'en avait pas de copie sous la main, pas même un résumé. De toute façon, le Guggenheim est voué à l'art non-figuratif et, selon moi, les artistes non-figuratifs sont les fumistes par excellence de ce siècle. Il avait ensuite évoqué la culture européenne, avec un brin de mépris pour la locale, mépris qu'il m'avait jeté comme un hameçon auquel j'avais volontiers mordu.

— Il faut bien comprendre, avait-il conclu, que « je ne veux que » cette école soit « élitique ». « Usuellement », n'est-ce pas, nous choisissons par tirage « de » sort nos élèves, au « fur-t-et-à-mesure » que nous avons des places... mais, « bien de soi », dans le cas de votre neveu...

Et le reste à l'avenant.

Il n'est pas nécessaire d'éprouver de l'aversion pour l'objet d'un contrat, mais cela confère un surcroît de charme à la tâche.

J'avais vite élaboré mon plan d'action et j'étais revenu deux jours plus tard, soit le vendredi, vers le milieu de l'après-midi, avec trois choses: une enveloppe qui contenait les faux papiers essentiels à l'existence de mon neveu fictif, au cas où j'aurais eu à justifier ma présence, un nécessaire à forcer les portières de voiture, et un paquet de la marque de cigarettes favorite du directeur. Les papiers allaient s'avérer inutiles et il n'y eut pas lieu non plus de commettre d'effraction, la voiture n'étant pas verrouillée.

Il ne me fallut qu'un instant pour remplacer le paquet de cigarettes, qui traînait cette fois sur la banquette, par celui que j'avais préparé avec soin, et je me retrouvai bientôt à la sortie du stationnement, les mains sur le volant, dans l'attente que la circulation me permette de quitter les lieux avec l'espoir raisonnable de ne plus jamais y revenir, et plutôt satisfait d'avoir gagné tant avec si peu d'effort.

Et c'est alors que je l'aperçus ! Elle sortait de l'école par une porte secondaire, que lui tenait ouverte une collègue. Elle portait des lunettes de soleil et elle n'avait plus ces cheveux ébouriffés, qui lui donnaient jadis cet air à la fois bohème et consciencieux ; ils avaient été remplacés par une coupe garçonne qui lui conférait plus d'autorité. Elle transportait un sac en bandoulière et une serviette gavée comme une oie pendait au bout de son bras, la forçant à marcher de guingois.

Elle souriait. Elle passa devant ma voiture sans me reconnaître, quoique nos regards se croisèrent. J'avais modifié mon apparence, comme toujours quand je suis en devoir, mais, même au naturel, je suis sûr qu'elle ne m'aurait pas reconnu. Cinq ans, c'est un bout… et l'importance que nous nous accordions l'un à l'autre était fort inégale. Je ne serais jamais pour elle qu'un galet sur la grève de ses souvenirs.

Je ne devais pas me surprendre de la retrouver dans cette arche pour bipèdes en croissance. Je suis sûr qu'elle s'acquittait de sa mission avec ferveur et joie, indifférente à la fatigue, à la souffrance, même quand son message de beauté se butait à la pittoresque incivilité de la jeunesse contemporaine.

Elle est passée devant moi sans que je puisse rien faire, passée comme un fantôme heureux qui ne veut hanter personne — les vivants ne hantent pas les morts. Elle a tourné dans le stationnement, côté passager de ma voiture, et je la vis se diriger vers une petite berline bleue comme ses yeux, introduire la clé dans la portière. La circulation s'est éclaircie, j'ai lâché le frein, appuyé sur l'accélérateur, et roulé jusqu'à ce que je trouve un espace libre pour abandonner la voiture.

Et, ainsi que je l'avais fait quand j'avais renoncé à l'étude des beaux-arts, quelque cinq ans plus tôt, j'ai marché. J'ai aperçu l'annonce « verres stérilisés » d'une taverne minable. Je suis entré. L'endroit était désert à cette heure, moins un pochetron qui cuvait dans un coin. Je me suis assis et, comme le garçon s'approchait, j'ai dessiné un cercle imaginaire du bout de mon index pointé vers la table, ce qui, dans un code bien connu des mâles de l'époque, signifiait « une table », c'est-à-dire seize verres de bières à la pression.

À peine deux minutes plus tard — les *waiters* de taverne étaient d'une redoutable efficience — je me retrouvai devant une mer d'or, prêt à y noyer cette tumeur à l'âme sournoisement ressurgie. Hors les verres, il n'y avait rien d'autre sur la table qu'un cendrier et une salière. Comme cela se faisait, je saupoudrai un peu de sel dans le verre le plus proche et but une première gorgée.

Une main sur mon épaule…

— Que de bière ! Ça ne va pas, mon ami ?

Alban-Zébulon Arto, évidemment ! Il se trouvait là et ça, ce n'était pas par hasard.

— Ça va très bien, merci, vraiment très bien !

Il me fixait narquoisement, avec cet air que je devais retrouver chez Monsieur Blanc. Il souriait. Dans ce sourire, il y avait la confirmation que, dans quelques minutes, mon fumiste de directeur allait sortir de son école puis monter dans sa voiture. Tôt ou tard, profitant d'un ralentissement, il allait tirer machinalement une cigarette du paquet qui traînait sur la banquette, pousser l'allume-cigare électrique, attendre qu'il se déclenche, le porter vers son visage et pomper goulûment. Il trouverait un drôle de goût à cette cigarette. Il ressentirait un haut-le-cœur. Une première bouffée ne provoquerait pas sa mort, mais en bon fumeur, loin d'attribuer ce malaise à la pratique de son vice, il chercherait plutôt à l'apaiser en pompant davantage. Alors, ce serait la déflagration dans ses poumons.

Et le directeur s'était tué le soir même sur l'autoroute périphérique. Selon le rapport de police, il avait perdu le contrôle de sa voiture en s'allumant une cigarette.

— Ce n'est pas dans mes habitudes de boire de la bière, mais disons que j'ai un chat dans la gorge.

— Un chat, vraiment ?

Je ne pouvais évidemment saisir l'allusion. J'aurais cependant dû garder cette remarque en mémoire, elle m'aurait peut-être incité à me méfier davantage d'un certain chat.

Alban-Zébulon Arto me tapota l'épaule et tourna les talons, me laissant à ma soûlerie méthodique. Et la cure fut efficace, du moins par ses effets secondaires, qui furent si déplaisants que je me jurai de ne plus jamais me laisser prendre par une émotion. Promesse d'ivrogne, soit, mais qui tint tout de même une quinzaine d'années. Je ne pensai plus à la Vierge, de ce jour jusqu'à quelques mois après l'intrusion d'un chat dans ma vie.

Ainsi que je l'ai écrit, durant l'hiver qui suivit l'arrivée de Monsieur Blanc, plutôt que de poursuivre la quête de mon œuf, j'avais travaillé presque exclusivement à produire un portrait de lui qui me satisfît.

Le printemps vint; bientôt les journées allongèrent, comme il se devait, et je fus un jour étonné de constater que la lumière était fort avancée dans sa reconquête du monde, tandis que moi, je m'enfonçais dans une épaisse obscurité.

Je sortis. Le fond de l'air était trop frais pour songer à m'installer à mon poste estival. Monsieur Blanc, encore innommé, pointant sur moi sa face si fine en proportion de son corps léonin, s'enquit de mes intentions. Je dirais même qu'il me suggérait quelque chose. En vérité, son regard insinuant me lançait un défi. Il savait que malgré tout le temps que j'y avais passé, je n'avais pas réussi à brosser un portrait de lui digne de ce nom.

Et c'est alors que j'ai eu une idée absolument mauvaise.

J'ai ramassé mes dernières tentatives, je les ai fourrées dans un cartable et je suis sorti. Contrairement à toutes mes règles, j'ai marché vite et sans canne jusqu'au métro, indifférent à l'effet révélateur qu'aurait pu avoir sur un quelconque voisin cette sortie inopinée.

Et j'ai pris le métro. Cela n'était pas tellement extraordinaire. Il m'arrivait de me payer un bain de foule. Mais cette fois-là, j'entreprenais une démarche qui exigeait une sorte de recueillement préalable, un processus de décompression : je souhaitais que le métro agisse sur moi à la manière d'un sas.

Je partais à la recherche de cette femme que j'avais cru oublier. J'allais vers cette école où je l'avais revue par hasard. Je voulais lui demander de me dessiner un chat, un chat semblable à Monsieur Blanc, son Monsieur Blanc.

Pourquoi ? Pour m'assurer qu'il existait vraiment, peut-être.

C'était absurde, et cette absurdité m'apparaissait de plus en plus évidente à mesure que le métro se coulait dans les entrailles de la ville.

Ce fut pire lorsqu'il fallut en descendre. Je n'étais jamais repassé dans cette rue sans réprimer une intime oscillation de mon rythme cardiaque.

La flamboyante évidence de ma stupidité devint presque insupportable lorsque j'eus franchi les portes de l'école. Il y avait toujours des jeunes qui piaillaient à vous en perforer les tympans. Derrière le comptoir, les mêmes secrétaires, vieillies, s'affairaient comme si elles n'avaient pas réussi, depuis ma dernière visite, à venir à bout du travail de la journée.

J'ai bafouillé comme un élève compromis, mais j'ai réussi à articuler le nom de la Vierge. On a posé sur moi des sourires étonnés et compatissants.

— Oh ! Mais elle ne travaille plus ici depuis plusieurs années. Si vous voulez, je peux vous donner l'adresse de sa nouvelle école, a offert une des secrétaires.

Je me suis retrouvé dans la rue, avec un petit papier rose dans la main. Je pensai avec ironie qu'on dit que l'assassin revient toujours sur les lieux de son crime. Que de pèlerinages en perspective !

Je hélai un taxi et nous roulâmes longtemps vers l'est, traversant des quartiers boursouflés de HLM délabrés, et arrêtâmes devant un immeuble beige et bas, aux fenêtres sales, aux châssis écaillés.

— C'est ici.

— Laissez tourner le compteur. Je ne descendrai probablement pas.

— Ah ! Tant que vous avez ce qu'il faut pour payer, moi…

Je lui tendis un billet brun qui eut l'heur d'alléger un moment le fardeau de ses jours.

L'édifice terne était entouré d'une pelouse persillée de détritus. Les portes principales étaient vitrées comme celles des supermarchés et, à l'intérieur, je pouvais apercevoir un hall garni de vitrines et surtout, accroché au mur, un immense panneau azur sur lequel se détachaient de grands oiseaux multicolores.

Ce devait être l'heure du repas puisque, tout à coup, les flancs de l'édifice évacuèrent des grappes d'adolescents agités. Les filles à l'allure voyoute provoquaient les garçons en leur allongeant des coups de poing malhabiles auxquels ces derniers répondaient en essayant de leur attraper les seins.

— Partons.

Cette fois, j'ai donné mon adresse. J'avais vu ce que je voulais voir. J'avais imaginé quelque chose du genre. La Vierge était une missionnaire, elle avait trouvé l'ultime frontière.

Monsieur Blanc m'attendait au retour de cette vaine expédition et me regarda descendre du taxi puis monter les marches avec l'air d'espérer une grande nouvelle.

— Hé non, mon salaud ! Il ne s'est rien passé, et ton portrait, tu peux en faire ton deuil.

Dans la maison, j'ai ouvert la porte du foyer pour y jeter tous les dessins de ce chat maudit. Fini ! J'ai bu un verre d'eau, mangé un bout de pain avec du beurre d'arachide et une demi-douzaine de raisins secs.

Puis, déterminé à reprendre pied, j'ai décidé d'aller marcher dans le parc riverain, comme je le fais régulièrement, pour garder un minimum de forme.

Quand je suis rentré. Monsieur Blanc, qui n'avait toujours pas de nom, sommeillait enroulé sur lui-même.

Il a entrouvert un œil. J'ai bien failli encore changer d'idée à son sujet, mais je ne l'ai pas fait.

6
La grâce est perfide

J'avais donc renoncé à dessiner Monsieur Blanc et à m'en débarrasser. En général, je suis inébranlable dans mes renoncements ; je le fus dans celui-là. Dire qu'il eût été si facile de l'empoisonner. Il me restait assez de cyanure dans la cave pour soulager la rue entière, sans parler des pistolets que je gardais au cas où.

Peut-être que j'épargnais ce chat parce que j'y voyais une sorte de trophée. Je croyais avoir déjoué le piège dont il était l'amorce, et j'en étais fier. J'avais contourné juste à temps les sables mouvants des émotions.

La chaleur revenue, je retrouvai ma galerie comme un palais, mon fauteuil comme un trône et ma rue, comme le petit peuple lointain et souffreteux de mes sujets. Ah ! Monsieur Blanc pouvait bien attendre, il attendrait toujours, car plus jamais je ne quitterais ma cache. Je passerais tous mes étés comme avant, à dessiner, buvant et fumant, et tous mes hivers à chercher mon œuf, que je ne trouverais sans doute jamais, et c'était très bien ainsi.

Dans mon coin du monde, on n'est jamais tout à fait sûr que le printemps existe. Il peut commencer dès février et s'étirer jusqu'en juin comme il peut ne durer qu'une quinzaine, ou même passer totalement inaperçu. Alors, quand ils ressentent enfin l'effet des masses d'air montées des tropiques, les gens sortent de chez eux au moindre prétexte. Rue Principale, les terrasses des cafés débordent. Les quidams qui vont et viennent s'arrêtent de longues minutes pour converser, et cela me laisse tout le loisir de les croquer sur le vif.

À cause des immeubles, il y a souvent des déménagements dans ma rue. C'est un spectacle pittoresque. Certains recourent à des professionnels, mais la plupart, par bonheur, utilisent des moyens de fortune, des voitures ou des fourgonnettes chargées comme des chameaux. Les débarquements se font le plus souvent dans un désordre angoissé et je vois alignés sur le trottoir les divans et les commodes qui attendent leur tour. Il y a trop de mouvement pour que je puisse dessiner quoi que ce soit, alors j'observe, je repère des sujets que je pourchasserai des yeux tout l'été. Cela dit, je ne vois évidemment pas arriver tout le monde et c'est aussi un succulent plaisir que de découvrir de jour en jour de nouveaux visages au hasard de leurs sorties.

Tiens donc ! Cette année-là, à sa gamme d'enfants, la maman créole avait ajouté un bébé tout neuf, qu'elle poussait fièrement dans un landau bariolé comme un chariot de carrousel.

Les petits vieux de l'immeuble avaient repris leur place comme s'ils avaient surgi par la petite porte d'une pendule suisse. Ronny le fou, lui, n'avait pas changé, sinon de quelques poils blancs. En tout cas, le recueillement de l'hiver n'avait sûrement pas amélioré sa santé mentale.

En effet, juin n'avait pas encore achevé son premier jour qu'il avait déjà été au centre de deux incidents, que je considérai à tort comme anodins et isolés.

Le premier se produisit par un soir de mai remarquablement doux. Je dégustais un pomerol lorsque je vis la grosse concierge d'en face sortir tel un rhinocéros en rut de « son » immeuble, puis tourner à sa droite. Il y a là deux maisons qui se ressemblent comme des sœurs, deux bâtisses cubiques recouvertes de clins de vinyle rose avec un balcon à chacun de leurs deux étages. Elle passa sans dévier devant la première, vira sec devant la deuxième et descendit les quelques marches de ciment qui menaient à l'entresol, qu'habitait le fou. Faisant fi de la sonnette, elle frappa à coups de poing sur la porte. Le fou, sage dans les circonstances, lui répondit à travers la moustiquaire de sa fenêtre ouverte. Tout juste avait-il eu le temps de lui demander ce qu'elle voulait qu'elle l'invectiva violemment dans un langage abrasif que je ne reproduirai pas ici. Il était question d'une bicyclette volée et la bonne femme soupçonnait, accusait, condamnait le fou !

Pourquoi n'avait-elle pas tout simplement appelé la police ? Peut-être bien parce que, ce faisant, la mégère se fût privée du plaisir d'étaler sa colère sur la place publique. L'autre répondait par des exclamations sourdes. C'était un bien curieux tableau que cette harpie en train d'engueuler une fenêtre et, comme si elle s'en était tout à coup rendu compte, elle se tut sèchement, remonta sur le trottoir et revint chez elle en jetant vers les petits vieux qui siégeaient un regard de matamore.

Or, ce fou de Ronny, voyant l'ennemi abandonner le siège, décida de tenter une sortie et il apparut, torse nu sur le trottoir, invitant la concierge à pénétrer dans son antre afin de constater qu'il ne s'y trouvait que sa bécane à lui, connue de tous. Il s'adressa à elle sur un ton délibérément frondeur, mais il recula aussitôt de deux pas quand la massive femelle se retourna. J'espérais que, comme dans la chanson, elle allait le massacrer à grands coups de mamelles, mais elle se contenta chichement de s'arc-bouter en pointant son doigt vers lui, pose qui me permit de mesurer l'étonnant volume des masses tremblotantes qui pendaient de ses humérus. S'ensuivit un archétype dialogue de sourd, lui répétant son invitation avec des accents de microsillon endommagé, elle lui administrant une injonction interdisant à jamais à son interlocuteur de pénétrer dans l'enceinte de « son » immeuble, sous peine d'affronter les foudres d'un mari à elle que, encore aujourd'hui, je n'ai jamais vu faire autre chose qu'ingurgiter de la bière à même la bouteille.

Comme toujours dans ce genre de situation, la rue entière semblait s'être immobilisée. Deux adolescents observaient la scène en tenant leur planche à roulettes le long de leurs jambes écorchées ; les petits vieux avaient soulagé leur chaise en résine de synthèse du poids insignifiant de leur personne et s'appuyaient sur le fer forgé de leur balcon pour ne rien manquer de la scène ; la famille créole, qui rentrait d'une quelconque activité, avait interrompu sa procession.

Il paraissait évident que la sympathie populaire penchait du côté de la concierge, ce qui ne signifiait pas pour autant une condamnation corollaire du fou. Ma rue est comme un village, et un village a besoin de son fou.

Moi, je ne savais plus où donner du trait. Monsieur Blanc, quant à lui, avait à peine dressé une oreille, jugeant qu'il n'y avait là vraiment pas de quoi fouetter un congénère.

L'autre incident s'avéra plus compromettant, notamment par l'heure fort tardive à laquelle il se produisit.

Minuit approchait et je faisais mes ablutions lorsque j'entendis les premiers éclats de voix. Je sortis sur la galerie, sans allumer, car j'étais en peignoir. La nuit était tiède. Les cris venaient de chez le fou. Sa porte était ouverte et devant se découpait un semblant de centaure à demi chauve avec la queue derrière le crâne, vêtu d'une blouse noire qui lui collait au corps. Ce personnage hurlait toutes sortes d'imprécations, tout en montant puis redescendant nerveusement les marches, comme s'il voulait partir à toute vitesse, mais était retenu par des oublis successifs. Ce manège avait pour effet de faire apparaître et disparaître le fou dans l'embrasure de sa porte, comme si tous deux étaient vissés à un mécanisme à bascule. On avait déjà vu le fou à genoux au milieu de la chaussée, en pleine nuit, en train d'engueuler la lune, mais on ne lui connaissait ni ami ni ennemi. L'intempestif échange se poursuivit durant de longues minutes tandis que des fenêtres s'éclairaient çà et là.

Enfin, le grand gaillard sembla se décider à partir pour de vrai, et le fou, les bras suppliants, le suivit sur le trottoir jusqu'à une voiture qui attendait un peu plus haut dans la rue, une vieille américaine à long mufle, balafrée sur les flancs, et dont le derrière avait été relevé. Le centaure claqua la portière et démarra en faisant hurler ses pneus, mais, se ravisant, freina aussitôt et descendit de la voiture avec la même violence qu'il y était monté. Devant le fou qui n'avait pas bougé, il s'arracha la blouse dans un geste théâtral et la jeta sur le coffre arrière. Le fou, reculé à distance prudente, gesticulait ou se prenait la tête dans les mains, criait que ce n'était pas sa faute. Faute de quoi ?

Je saisissais mal les mots. Cela ressemblait étrangement à une querelle d'amoureux, où il faut que l'un menace l'autre de partir sans jamais le faire. Je n'avais jamais eu aucune raison de penser que Ronny fût homosexuel, mais pourquoi pas ?

Quoi qu'il en soit, les choses ne s'arrangeaient pas dans la rue, car le grand chauve remontait dans la voiture, puis en redescendait pour prendre sa blouse restée sur le capot. La portière claqua encore, les roues hurlèrent de nouveau mais cette fois, il ne freina qu'au coin, fort bruyamment, respectueux, malgré son état, du feu rouge.

Les minutes qui suivirent tinrent plus du cinéma que de la réalité. Dans une alternance de rugissements viscéraux et de grincements déchirants, on entendit la voiture décrire dans la nuit un tour complet du pâté pour enfin revenir exactement à son point de départ. Le fou, qui était rentré, se pointa à la porte. Le grand, sa blouse à la main, sans dire un mot, passa d'un pas preste de la chaussée au trottoir, à la porte, qui se referma aussitôt comme un rideau de scène. La voiture resta où elle était, enfin réduite au silence. Plus rien ne se produisit et, le lendemain matin, la voiture avait disparu.

Je suppose que les deux compères avaient absorbé chacun plus que leur quota de substances psychodysleptiques. Qu'importe, le mal était fait.

Ronny ne donna signe de vie que tard le lendemain après-midi, en sortant son rat en laisse par la fenêtre, comme si rien ne s'était passé. Dans la rue, cependant, je voyais les voisins s'arrêter un peu plus longtemps et je savais très bien qu'on parlait de l'incident nocturne. Les limites étaient dépassées. Il y avait des enfants qui avaient besoin de dormir, des travailleurs qui se lèvent tôt. On était bien prêt à tolérer ses petites crises, mais s'il commençait à attirer tous les détraqués de la ville… Ce centaure et son ignoble bagnole, il n'était pas de chez nous.

Le fou était devenu indésirable, mais ce n'est pas lui qui partit ; c'est difficile de se débarrasser d'un locataire encombrant. La maison du fou comptait deux logements en plus du sien. Juste au-dessus, le logement principal était réservé aux propriétaires qui n'y séjournaient pas souvent, préférant sans doute la Floride ou la campagne, et l'étage abritait ce jeune couple dynamique dont j'ai déjà esquissé le portrait : ceux-là s'en furent à la recherche de nuits plus calmes. Leur départ fut perçu comme une perte, mais je n'eus aucune idée de la catastrophe que cela devait représenter pour moi.

Juin avançait ; je dessinais ; Monsieur Blanc attendait. Or, un vendredi soir, quand je lui apportai son repas et sa ration de vin, je ne le vis pas comme d'habitude lové sur la galerie. Je restai un instant suspendu dans une sorte de vide, avec mes petits plats, mon verre et ma pipe dans les mains. Je posai les plats à l'endroit où il se tenait habituellement, je m'assis, bu une lente gorgée, allumai ma pipe.

Il m'est difficile de décrire l'effet que fit sur moi cette absence imprévisible, mais effet il y eut assurément.

Comme cela se produisait sporadiquement, la rue était inerte.

Où était donc passé ce chat ? La question me fatiguait. Il faut se méfier des changements inexpliqués.

Et juste au moment où, contre mes principes les plus sacrés, je commençais à admonester intérieurement ce félin satanique, voilà que je perçus du mouvement en contrebas, à travers les vignes, que j'entendis le grattement de ses griffes sur le trottoir, aussitôt suivi d'un écho que je ne réussis pas à identifier avant que Monsieur Blanc posât sa patte sur la plate-forme de ma galerie : c'était le pas d'une petite humaine, chaussée de tongs, vêtue d'une robe soleil, malgré le soir qui exhalait un souffle de fraîcheur.

Elle garda un moment son pied immobile sur la première marche tandis que Monsieur Blanc restait en haut de l'escalier à l'attendre, car c'est bien elle qu'il attendait. Elle m'avait vu. Elle n'était pas du tout intimidée, mais elle avait dû recevoir tant et tant de recommandations à propos des étrangers à qui il ne faut pas parler, qu'elle jugea de bon aloi d'hésiter en me fixant d'un regard qui neutralisa la plupart des mécanismes mentaux que j'avais fignolés durant des années, justement pour éviter qu'arrivât ce qui devait arriver.

— C'est ton chat?

De quel droit se permettait-elle de me tutoyer? Je trouve les fillettes mignonnes, comme tout le monde, mais généralement stupides. Leur fausse innocence m'agace.

Pourquoi alors ai-je tout de suite cru à l'innocence de cette petite importune, qui se tenait toujours immobile, légère comme une barbe à papa, sur la première marche de l'escalier, dans l'attente d'une réponse? Peut-être parce qu'elle était plus que mignonne, parce qu'elle était belle dans le seul sens où je comprends la beauté: belle à croquer, à croquer vive sur le papier vierge, avec ses grands yeux d'agate et son regard comme la mer, avec ses cheveux chauds comme une plage et son petit corps fluide comme une vague.

C'était elle que Monsieur Blanc attendait, mais c'était surtout elle que j'attendais depuis toujours, moi qui ne savais même pas que j'attendais quelque chose. La beauté, c'est ce qu'on attend. J'ai senti dès que je l'ai vue qu'elle deviendrait mon ultime et éternel sujet. Je l'ai reconnue comme on reconnaît un destin quand il frappe. C'était celle qui venait me libérer de la quête de mon œuf.

— C'est ton chat? redemanda-t-elle.

— Non.

— D'abord, si c'est pas ton chat, on va l'appeler Monsieur Blanc.

Cette décision prise, elle gravit le reste de l'escalier afin de cajoler généreusement l'animal. Monsieur Blanc se laissa faire. Bien plus, il s'offrit à la caresse et, comme si la petite avait actionné un démarreur invisible, il se mit à ronronner si bruyamment que je crus d'abord que ma fournaise s'était mise en marche toute seule, en plein mois de juin !

— Toi, comment tu t'appelles ? demanda-t-elle sans se détourner du chat.

Je possède tant d'identités que je ne sais plus trop laquelle est l'originale. De toute façon, il valait mieux pour cette innocente qu'elle ne connût aucune d'entre elles. Alors, sans trop penser plus loin, je répondis :

— L'œuf. Tu peux m'appeler Monsieur L'œuf.

— Monsieur L'œuf ! C'est un drôle de nom. C'est mon père qui devrait s'appeler comme ça, il aime tellement les œufs, rigola-t-elle.

— Et toi, tu as un nom ? demandai-je à mon tour, totalement dédaigneux des préférences alimentaires de ses proches.

— Solène.

Ma main s'était mise à l'œuvre d'elle-même et, sur la feuille, étaient apparues trois ou quatre esquisses, des esquisses absolument sans rapport avec ma manière habituelle. Le chuintement de mon crayon attira le regard de l'intruse et son petit corps se haussa.

— Tu fais des dessins ?

Elle aurait dit : « Tu assassines ? » que je ne me serais pas senti davantage mis à nu. Je marmonnai des monosyllabes.

— Dessine-moi un mouflon !

Pour la première fois depuis la nuit des temps, j'ai ri. Un mouflon ! Mais pour qui me prenait-on ? Pour Antoine de Saint-Exupéry ? Un mouflon… Un mouton ! C'était un mouton, d'abord, qu'il fallait dire, pas un mouflon !

— Non, un mouton, c'est plate. T'es pas capable de dessiner un mouflon ? Tonti-Tontaine en a montré un, ce matin, à la télé. Il a des cornes comme ça.

Pour faire image, elle se tordit les poignets au-dessus des oreilles. Plutôt que de lui dessiner son mouflon, je la dessinai, elle, avec ses fines cornes de chair tendre. Elle s'était désintéressée de Monsieur Blanc qui se gardait bien de la rappeler à lui, le salaud. Elle observait sa propre image en train de naître et ma main, d'habitude imperturbable et précise, en devenait fébrile. Il y avait si longtemps que quelqu'un m'avait regardé dessiner… la Vierge bien sûr… Les lignes fusaient, vibraient, couraient comme de fines couleuvres enfin libérées de l'hibernation.

Elle prit la feuille et la plaça de telle sorte que la lumière du lanterneau l'éclairât au maximum, et elle examina mon travail d'un air studieux.

— C'est très bien… mais je voulais un vrai mouflon, moi.

Et elle continua de regarder la feuille avec une moue condescendante. Ce fut le plus ravissant moment de silence dont je me souvienne, car j'étais alors véritablement dans un état de grâce, touché, heureux, si on tient absolument à recourir aux grands mots, heureux parce que rien n'était encore arrivé, parce que cet exquis minois, qui ne perdait rien de sa lumière dans le contre-jour, n'était attaché à rien encore, n'avait ni passé ni avenir. Moment beau et plein comme un œuf ! Et fragile comme un œuf aussi.

Je me souviens que, enfant, je pouvais rester de longues minutes à contempler la route qu'une première neige avait nappée de blanche lumière, jusqu'à ce que passât une voiture sacrilège, qui déchirait en grondant la silencieuse uniformité de mon bien-être, en laissant derrière elle de longues plaies salopes.

À des décennies de distance, j'ai revécu cette déchirure. Ce fut plus brutal qu'une voiture qui passait. Ce fut un rot! Un rot sonore et tonitruant, maléfique et polluant, comme seules peuvent en produire les bedaines ventilées à l'effervescence de bière. L'œuf glabre et froid venait de se fracasser.

Le silence revint aussitôt, bien sûr, mais c'était désormais un silence inquiet. Je n'eus pas à chercher longtemps pour repérer le responsable de cette éructation profanatrice.

Cela venait de la maison du fou, mais pour une fois ce dernier n'était pas en cause. Cela venait de l'étage, là où, il n'y avait pas longtemps encore, vivait le jeune couple dynamique. Il semblait que j'avais raté l'arrivée d'un nouveau locataire. Sur le balcon se tenait, appuyé comme un marin au bastingage d'un vaisseau à quai, une personne — eh oui! c'en était une de plein titre — qui portait en elle la somme de tout ce que je méprise. Ce qui permet de penser que l'homme descend du singe, c'est qu'il existe des individus qui n'en sont pas encore tout à fait descendus, et nous avions là un beau cas.

D'abord, à l'instar de ses congénères demeurés dans la nature, ce personnage n'était pour ainsi dire pas vêtu, si ce n'est d'un short en jean bleu aux rebords effilochés, qui retenait une panse dont l'expansion s'annonçait des plus prometteuses. Ses bras démesurés, dont les extrémités crasseuses s'agrippaient au fer forgé, supportaient une jungle capillaire à travers laquelle, tels des lacs et des rivières, s'insinuaient les taches violacées d'une multitude de tatouages. Il avait les cheveux coiffés en brosse sur la tête, mais très longs sur la nuque, et sous son nez tombaient de grosses moustaches. Tous ses poils étaient noirs.

Mais qu'importent les détails de sa physionomie : il se dégageait de ce sous-homme l'insupportable aisance des abrutis satisfaits.

— C'est mon père ! dit ma visiteuse.

Elle détala aussitôt dans sa direction, et je ne pus faire autrement que de suivre sa petite tête blonde.

Elle traversa la chaussée en diagonale, et j'eus le réflexe de regarder s'il ne venait pas de voiture.

Elle grimpa les marches jusqu'au balcon de son père et entra dans la maison sans le moindre de ses petits gestes qu'ont, je le suppose, les petites filles envers leur père, et vice-versa. Le primate la suivit à l'intérieur, en rotant de nouveau, bien que moins fort.

Je retombai assis. Il restait du vin dans ma tasse, que je vidai machinalement ; il s'était rafraîchi et se trouvait sans doute au maximum de sa finesse, mais je ne m'y attardai pas. Je regardai longtemps la porte fermée, profondément confus, jusqu'à ce que je tourne la tête et que mon regard croise celui de Monsieur Blanc, qui se nettoyait la face avec sa patte…

7

Il n'y a pas d'amour sans haine

Est-il besoin de préciser qu'avant même de mieux connaître cet odieux voisin dont je venais de découvrir l'existence, avant surtout d'avoir la moindre idée du rôle qu'il s'apprêtait à jouer, bien malgré lui, dans ma vie, et tout aussi ignorant que j'étais du rôle que j'allais de mon côté jouer dans la sienne, j'avais résolu de ne pas l'aimer. Il s'agissait d'une résolution majeure, car si j'avais toujours pris soin de me tenir loin de l'amour, de la même manière, j'avais toujours voulu éviter les détestations particulières. Or, l'ironie des sentiments est ainsi faite qu'il n'est pas de plus sûrs chemins pour s'approcher de l'amour que ceux qui passent par la haine. J'avais d'abord vu l'enfant, mais je me souviens de son apparition comme d'une sensation davantage esthétique qu'à proprement parler amoureuse. Peut-être que toutes les amours humaines ont pour point de départ la découverte de la beauté. Chose sûre, dès que je pris conscience de la médiocrité du père, je fus certain d'aimer l'enfant.

Ce fut pour moi le sujet d'une extrême affliction que de la voir gravir ces marches qui la menaient dans l'antre de la bête, comme une petite otage. Otage de qui ? Otage pourquoi ? Je revins bientôt de ma surprise : j'avais assez trempé dans la bassesse du monde pour savoir qu'il ne faut jamais s'attendre à ce qu'il soit conséquent.

Je finis par rentrer à mon tour, puisqu'il était évident qu'elle ne me reviendrait pas ce soir-là. Je savais pourtant qu'elle reviendrait, et c'est à cause de cette certitude, entre autres, que je peux maintenant dire que je l'aimais : j'avais de l'espoir. Ne reconnaît-on pas vraiment l'amour qu'à la pléthore de sentiments qui l'accompagnent, l'entourent, le révèlent, comme on reconnaît la grandeur d'un vin à toutes les sensations qui se manifestent par lui, mais qui ne sont pas vraiment lui ? Ah ! j'étais mordu ! Oh ! que j'étais mordu !

Je rentrai. Toutes ces émotions qui s'abattaient sur moi me brûlaient comme la lumière du jour après une nuit polaire. Pour chasser cette fièvre, je bus encore du vin, et j'en bus encore. L'effet sur ma fièvre fut nul, mais je ne souffrais pas puisque, tout en buvant, je dessinais avec rage. Des cloisons où je les avais épinglés, j'arrachais des dessins qui, la veille encore, me paraissaient dignes d'être retenus, et je les jetais par terre pour les remplacer par de nouvelles esquisses de la petite, qui ne me satisfaisaient jamais, mais qui me donnaient chacune l'impression de progresser à pas de géant dans mon art, comme si, après des années de recherche sur les cinq océans, j'avais enfin posé le pied sur l'île de mes rêves.

Avant le lever du jour, j'avais dégagé une cloison entière et, pour m'éviter de perdre du temps à manipuler le papier, je dessinais directement dessus. Il me semblait qu'il y avait toujours une ligne de trop, une courbe, un trait, alors je recommençais un peu plus loin, et le crayon allait et venait en grandes envolées spontanées. Qu'était-il advenu de ma raison ?

Aux premières lueurs de l'aube, je ressortis. Monsieur Blanc, que je saluai par son nom tout neuf, était au poste, prêt à m'accompagner dans mon guet matinal. Vers les dix heures, enfin, la porte s'ouvrit et la petite apparut, vêtue de la même robe, avec un sac de voyage assorti, qui paraissait bien léger. Elle descendit l'escalier courbe sans lâcher la rampe de fer : les marches étaient hautes pour ses petites jambes. Sur la dernière, elle s'assit, son sac à ses pieds, et s'absorba à jouer avec les brides de ses tongs. Nul signe de vie de la part de son père.

Tout d'un coup, elle releva la tête et dirigea son regard dans ma direction, mais c'était en réponse au bruit d'une petite voiture indigo qui venait de tourner le coin et qui s'arrêta juste comme elle se levait. La portière s'ouvrit et elle monta ; par la lunette arrière, je vis sa petite tête s'approcher de celle d'une femme, pour un baiser. C'était une tête aux cheveux courts, barrée de lunettes fumées. Vingt secondes plus tard, elles étaient disparues. Pour ne rien manquer, depuis que la petite était sortie, je m'étais levé et avancé jusqu'au bout de ma galerie, la gorge sèche, les yeux brûlants. Les voyant parties, je revins vers mon fauteuil, je me laissai tomber avec toute la pesanteur de mon désarroi. Je fixai un moment le plafond et les pampres en plein orgasme de chlorophylle.

Donc, le père et la mère de la petite ne vivaient pas ensemble ; la mère avait la garde, et lui un droit de la voir. Même les animaux ont des droits. Alors elle reviendrait, tant que le monstre habiterait là-haut. Ce départ si rapide me laissait cependant tout vide. Ressentant de surcroît les effets d'une nuit sans sommeil — qu'il serait toutefois inapproprié de qualifier de blanche — je m'assoupis.

Je me réveillai passé midi, sur le point de frire au soleil. Je sentais une masse sur mes cuisses : c'était Monsieur

Blanc. Nous étions brûlants. Je crois bien que, depuis que je me suis laissé embarquer dans cette entreprise d'écriture, c'est la première fois que j'utilise la première personne du pluriel ! Il avait marqué des points, le salopard ! Je caressai du bout des doigts sa fourrure immaculée, geste auquel il répondit aussitôt par un discret ronron ; ma reddition était inconditionnelle.

Dans les jours qui suivirent, je fis mes premières expériences de l'absence, et je compris qu'on puisse l'avoir en horreur. Ma maison était désormais un temple où s'accumulaient, telles des icônes sacrées, mille représentations d'une petite déesse de… mais au fait, quel âge avait-elle ? En tout cas, sûrement pas celui d'aller à l'école, cinq ans peut-être. Ma rue, quant à elle, n'était plus cette scène immense où, de mon fauteuil privilégié, je me délectais de l'intarissable théâtre de la vie ; ma rue était désormais le lieu de mon attente.

Si quelque part, un jour, une quelconque vieille dame au bec pincé s'était attardée à colliger les préceptes régissant le bon usage du balcon, mon abject voisin, dans son seul comportement, les eût tous enfreints. Il constituait l'antimodèle par excellence.

J'avais déjà été témoin de sa fâcheuse propension à expulser à tout vent et bruyamment ses gaz internes. Or, c'était là le moindre de ses défauts, car l'éructation est un phénomène bref et sporadique, de même que la flatulence, dont il lui arrivait aussi de souffrir avec autant de désinvolture. On aurait pu, par ailleurs, se résoudre à détourner le regard pour éviter la vision de son gras et velu épiderme dont la majeure partie était perpétuellement visible, même par les journées de mauvais temps. Un balcon n'est pas un salon de bronzage ! Quand on veut s'adonner à cette activité batracienne, on occulte les garde-corps au moyen de toiles idoines.

Hélas ! les oreilles ne peuvent pas, contrairement aux yeux, se détourner aisément de ce qui les agresse. Si cela avait été de la musique que cet abruti avait écoutée, par ses fenêtres grandes ouvertes, quand, sur son balcon, les quelques jours où il fit beau, il se vautra dans un transat en lanières de plastique, avec une caisse de bière à ses pieds, dont les bouteilles, à tour de rôle, venaient se visser telles des verges de verre dans son insondable nombril, si cela avait été de la musique, dis-je, j'aurais peut-être pu me réfugier derrière les remparts de ma chère indifférence, mais le vacarme qu'il faisait pleuvoir sur le quartier appartenait à ce genre de production où l'on a l'impression que les musiciens traitent leurs instruments au marteau-piqueur.

Ces sévices sonores durèrent des heures, durant lesquelles tous les autres balcons se vidèrent. Les vitres tremblaient dans leurs châssis, les arbres frémissaient, les chiens hurlaient, les passants se pressaient, les sans-abri désertaient… et ce fut quand il comprit que ce son corrosif ne cesserait pas dans un avenir raisonnable que Monsieur Blanc, pour la première fois, sollicita la permission d'entrer dans ma maison, permission que je lui accordai.

Il parcourut du regard le foisonnement des esquisses de la petite, que je m'appliquais déjà à colorier au pastel et qui atteindraient bientôt le plafond. Puis il se laissa choir au pied de la porte, résigné, comme moi, à attendre le retour du calme.

Le bruit trouva quand même son chemin jusqu'à nous et m'empêcha de travailler. Je n'avais rien d'autre à faire que de rester assis, livré tout entier à ma haine grandissante, et plus je haïssais le monstre qui avait fourni sa minable semence pour qu'elle pût éclore, plus j'aimais ma petite fleur.

Une autre pratique certainement prohibée par le guide du bon usage du balcon est l'interpellation des passantes et, par extension, la conversation avec icelles, puisque tel échange ne peut être mené qu'à haute voix. Cette règle aussi, le babouin n'eut de cesse de la violer. Il interpellait les jeunes femmes. « Bonjour, mademoiselle ! » leur criait-il, feignant le galant du haut de son perchoir. « Belle soirée ! Vous êtes donc bien pressée ! » Évidemment qu'elles l'étaient, pressées ! craignant non sans bon sens que le goujat, interprétant favorablement le moindre ralentissement de leur part, descendît et ne leur colla aux savates comme un de ces chewing-gums crachés çà et là par des antisociaux de son genre.

Il demeura cependant sur son balcon, même quand le hasard lui amena quelque femelle de son engeance qui s'amusait à lui donner la réplique. J'eusse honnêtement préféré qu'il descendît et prît son pied une fois pour toutes, soit en suivant une demoiselle, soit en l'invitant en son gîte d'où l'on pouvait raisonnablement espérer que les échos de leurs fornications ne nous parviendraient pas — bien qu'encore… Il ne descendit jamais parce qu'il se trouvait trop soûl pour le faire sans danger, et j'ai bien des fois souhaité que des nichons rebondis l'invitassent à s'y risquer quand même, imaginant le délice de voir sa carcasse porcine débouler l'escalier.

Il lui arriva néanmoins, en fin de soirée, de se laisser dévaler, en s'agrippant bien à la rampe, et d'entreprendre en titubant l'ascension de la pente douce qui mène à la rue Principale, dans laquelle il disparaissait pour quelques heures, à l'inestimable soulagement de tous.

Ce fut pire encore quand il s'en prit aux clochards. Comme l'a dit un célèbre exalté dont l'expérience terrestre s'est plutôt mal terminée, ce sont toujours les plus grands pécheurs qui jettent la première pierre. Notre limace articulée ne faisait pas exception. Imaginez ! Ce sous-produit de l'humanité se permit de les insulter, de les traiter de cochons quand ils soulevaient le couvercle d'une poubelle, ce que, pourtant, ils faisaient toujours avec une discrétion exemplaire, fouillant avec minutie sans jamais rien renverser. En fait, le plus misérable de ces clochards aurait pu donner au drôle des leçons de savoir-vivre et leur présence périodique dans ma rue ne m'était jamais apparue comme une tare.

Toutefois, aucun de ses comportements ne dérangea autant que celui qu'il adopta à l'égard du fou, qu'il s'imagina pouvoir ramener à la raison en l'arrosant de moqueries du premier degré.

« Eh ! le malade ! C'est à un poteau de téléphone que tu parles ! »

Le fou, surpris mais nullement décontenancé, répondit qu'il le savait… et sans doute le savait-il !

L'ivrogne dépassa la limite dans la nuit du jeudi, une nuit sans lune où je fus réveillé par Ronny qui nous piquait une crisette. Assis en lotus, au milieu de la chaussée, vêtu seulement d'un pantalon de pyjama rayé, il appelait l'astre de la nuit en fredonnant un mantra à sa manière : « Séléna, où es-tu ? Séléna, reviens-nous ! » Ce genre d'appel n'avait rien d'extraordinaire dans son cas et, ce qui l'incitait à perpétuer cette manie, c'était, je suppose, le fait que la Lune répondait tôt ou tard à son appel.

Mais voilà que l'autre se pointe :

— Hé ! Qu'est-ce que tu fais là, s'tie d'fou ? beugla-t-il dans sa molle articulation de soûlaud.

Le fou sursauta, comme un enfant pris en défaut. Il répondit qu'il appelait la Lune. La brute avinée éclata d'un rire auquel se mêlèrent toutes sortes de déglutitions dégoûtantes, puis elle s'assit à son tour, ou plutôt elle s'écrasa, sans cesser de rire.

— OK ! On va l'appeler ensemble !

Et il se mit à hurler un chapelet de jurons. Le fou se remit progressivement de sa surprise et, bientôt, on les entendit tous les deux hurler comme des coyotes.

Ils furent interrompus par des policiers quand quelqu'un résolut enfin de les alerter, après quoi ils rentrèrent tous les deux chez le fou. Ce fut le début d'une relation, si l'on peut dire, en tout cas sûrement pas d'une amitié, car la brute continuait d'insulter le fou à la moindre occasion ; en fait, je suis convaincu qu'il en abusait, se servait dans sa bière quand il était à sec et l'autre, intimidé, ou heureux peut-être aussi que quelqu'un lui prête un peu d'attention, se laissait manipuler.

Je détestais cet abruti, le haïssais, l'abhorrais. Ma haine avait germé et poussé à une incroyable vitesse : elle était maintenant enracinée dans le tréfonds de mon âme et ombrageait de son feuillage chacun de mes gestes. Il n'y avait plus que deux choses dans ma vie : l'amour, quand j'étais dans ma maison, et la haine quand j'en sortais. Je demeure convaincu que je n'aurais pas tant aimé si je n'avais pas tant haï. Cet envahisseur me faisait perdre tous mes moyens. Je passais d'un aveuglement à un autre !

Et la rue même contribuait à attiser ma haine. Mes voisins m'avaient toujours perçu comme un fantôme inoffensif. Or, voilà que je descendais de ma galerie, que je saluais les gens, que je m'arrêtais sur le trottoir pour leur parler, une pratique à laquelle rien ne m'avait préparé, mais qu'il me fut aisé de maîtriser du fait de son prétexte : lui ! J'en étais rendu à adresser la parole à la grosse concierge qui, évidemment, l'avait toujours su, elle, que la présence de Ronny allait nous attirer « du trouble », parce que les fous, après tout, « c'est fait pour les asiles » ! La maman créole, pour sa part, se plaignait à bon droit que son dernier bébé se faisait réveiller en pleine nuit, et rien qu'à voir ses yeux cernés, on la croyait. Les petits vieux d'en face ne trouvaient plus de plaisir à veiller sur leur balcon et, avantage à Ronny, plus personne ne parlait de l'incident du centaure.

Cette grogne, sans cesse chuchotée à mes oreilles, telle une bruine fine, arrosait le jardin de mon ressentiment.

Solène revint le vendredi suivant. C'est encore Monsieur Blanc qui était allé me la chercher. Je suppose que j'avais manqué son arrivée, de sorte que je fus de nouveau surpris par son pas si leste. On ne croirait jamais que cent quarante-quatre heures fussent si près d'une éternité. Déjà, elle n'était plus tout à fait la même, non qu'elle eût changé, mais parce que, à force de faire et refaire son portrait de mémoire, je m'étais un tout petit peu éloigné de l'original. En la voyant réapparaître au pied de mon escalier, j'eus l'impression d'être en face d'une évidence qui m'avait échappé. Je me hâtai de croquer cette évidence.

— Salut, Monsieur L'œuf !

Nous étions cette fois encore en début de soirée. Sa mère l'amenait toujours en fin d'après-midi, pour la reprendre le lendemain matin, afin de limiter, je présume, les contacts avec son père. Elle portait la même robe, les mêmes savates.

— Qu'est-ce que tu dessines ?

Elle s'était approchée en prenant dans ses bras un Monsieur Blanc parfaitement docile.

— Est-ce que tu veux que je te montre un mouflon ?

Sans attendre sa réponse, je tirai une feuille de ma tablette à dessin sur laquelle j'avais préalablement dessiné un mouflon. Moi, je le trouvais réussi. Elle le regarda d'un air distrait.

— Oui, c'est ça ! commenta-t-elle simplement. As-tu de la gomme ?

— Ah non ! Je ne gomme jamais, je recommence. Pourquoi ? Il n'est pas bien, mon mouflon ?

Elle m'examina un instant avec perplexité.

— Moi, j'aime mieux la gomme aux cerises.

Quelle horreur ! Elle parlait de gomme à mâcher. « Par tous les diables de l'enfer, me dis-je, descendrais-je si bas ? » Oui.

— Hélas non ! Je n'ai pas de gomme ni de bonbons à t'offrir. La prochaine fois, peut-être…

— T'as pas d'enfants ?

Cela ne se voyait donc pas ? Il faut croire qu'une vie de criminel ne laisse aucune trace visible aux regards innocents, et c'est pourquoi les enfants sont tellement menacés. Aurais-je pu tuer des enfants, si cela m'avait été demandé ? Solène perçut dans mon expression l'extrême terreur que fit sourdre en moi cette seule question, qui s'était formulée toute seule dans mon esprit, car elle reprit, avec comme une consolation dans la voix :

— T'as pas d'enfants, juste Monsieur Blanc ?

— Mais ce n'est pas mon chat…

— D'abord, pourquoi il vient toujours chez toi ? Il va jamais dans les autres maisons. Peut-être que lui, il pense qu'il est ton chat, mais toi, tu le sais pas. Ça se peut. Tu veux me raconter une histoire ?

Une histoire ! Rien que ça ! Moi qui pensais m'en tirer en faisant des dessins. Une histoire… Quelle histoire ?

— L'histoire du Petit Chaperon rouge, tu la connais, c'est sûr.

— Ma foi… oui. C'est l'histoire d'une petite fille…

— Il était une fois…

— Bon… Il était une fois une petite fille qui vivait avec sa maman malade…

— Non, non ! C'est pas sa maman qui était malade, c'était sa grand-maman, et elle vivait de l'autre côté de la forêt.

— Tu as raison. Et il fallait que la petite fille aille lui porter un panier, n'est-ce pas ?

— Et qu'est-ce qu'y avait, dans le panier ?

— Eh bien… des médicaments, je suppose.

— Du manger, il y avait du manger et… Et ?

— Et du vin ?

— Mais non ! Un-pe-tit-pot-de-beu-rre.

Un petit pot de beurre ! Elle répéta trois ou quatre fois, pas vraiment impatiente. Pe-tit-pot-de-beu-rre ! Et cela rentrait ! Personne ne m'ayant jamais raconté d'histoires quand j'étais petit, je devais apprendre. Petit pot de beurre ! Cela sonnait comme une trompette d'angelot ; cela réveillait une angoisse tellement lointaine, presque oubliée…

— Oui, je me souviens, il y avait un petit pot de beurre. Et après, dans la forêt, la petite fille rencontre un méchant loup.

— Oui, c'est ça, mais elle le sait pas qu'il est méchant. Si elle le saurait, elle lui parlerait pas !

— Bien sûr que non.

Elle se tut, fit mine de concentrer son attention sur Monsieur Blanc qui ronronnait comme un moteur diesel. Enfin, relevant un coin d'œil…

— Toi, t'es pas un méchant, hein ?

La première réponse qui me vint à l'esprit, fut de lui dire que si j'avais été un méchant, je ne le lui aurais certainement pas avoué !

— Est-ce que j'ai l'air d'un méchant loup ?

— Bien… t'as pas des poils partout, puis des grandes oreilles, puis des grandes dents, là. Mais maman, elle dit que les méchants loups, ils ont jamais l'air d'être des méchants, parce si on saurait qu'ils sont méchants, on leur parlerait pas. Ça fait qu'ils font semblant d'être gentils, tu comprends ?

— Alors moi, tu me trouves gentil ?

— Ah oui ! Tu es très gentil.

On ne m'avait jamais si gentiment insulté… Mais qu'était-il donc en train de m'arriver ?

— Mais t'es pas un méchant loup, hein ? insista-t-elle.

— Non ! Regarde, les petites filles, je ne les mange pas, je les croque !

Son expression se figea.

— Je veux dire que je les dessine. Croquer, ça veut aussi dire dessiner très vite.

Et je lui montrai l'esquisse que j'avais tracée à la hâte, comme elle arrivait, en me gourmandant intérieurement à propos de l'ineptie circonstancielle de ce jeu de mots. N'avais-je donc jamais été un enfant ?

— C'est moi ?

— Bien… oui, à peu près… Tu ne te reconnais pas ?

— J'ai pas de nez !

— Ma foi, c'est exact… je n'ai pas fini. De toute manière, le nez, chez les enfants, ce n'est pas vraiment important. Tiens, deux petits points, et ça suffit.

Cela la fit rigoler, et elle posa le bout de son doigt, gros comme une allumette, sur le bout de son nez, comme pour vérifier. Puis, sans transition, elle devint soucieuse.

— Est-ce qu'il fait noir, maintenant ?

Le soleil effleurait le toit des derniers immeubles à l'ouest et les lampadaires s'allumaient.

— Il ne fait pas encore noir, mais ça ne va pas tarder.

— D'abord, il faut que je rentre. Salut !

Avant que j'aie pu lui dire bonsoir, sa boule blonde filait en diagonale de l'autre côté de la rue, grimpait les marches, poussait la porte et disparaissait.

Son père n'aurait-il pas dû s'inquiéter qu'elle fût encore dehors à cette heure, seule en principe, ou pire, avec un vieux, un faux vieux ! ? Ah ! l'irresponsable !

Les soirs où elle couchait chez lui, l'ivrogne se tenait tranquille. Je ne l'en détestais pas moins et, en plus, je craignais pour elle. Comment savoir ce qu'elle subissait ? Peut-être la battait-il ? Peut-être abusait-il d'elle ? Bien sûr, on pouvait supposer que la mère ne lui aurait pas confié sa fillette si elle n'avait eu un minimum de confiance en cette outre pansue… avec laquelle elle avait pourtant eu des rapports sexuels, des échanges de sécrétions.

Quelle sorte de femme pouvait donc supporter ne serait-ce que d'être touchée par cela ? Peut-être qu'au moment de l'acte, c'était un homme différent, je veux bien l'admettre, mais la petite n'avait guère plus de cinq ans ; c'était bien peu de temps pour une métamorphose fondamentale. Une sotte, sans doute, une blondasse, une danseuse de cabaret, une maritorne laissée pour compte ! Pourtant, la silhouette que j'avais entrevue dans la petite voiture indigo dégageait une aura de dignité.

Le lendemain, le départ se déroula de la même manière que le premier, et je ne pus me faire une meilleure idée de la mère.

Je savais que j'en avais pour au moins six jours, six longues journées à attendre, à esquisser sur les murs de ma solitude des portraits de ce petit être frêle dont j'étais à la fois si proche et si loin, six jours à chercher la perfection. La forme y était, l'essence, la vie ; pourrais-je jamais la dessiner mieux que je ne le faisais ? Il m'apparut que non.

Je tournais en rond ; la maison était pleine de sa figure attendrissante, de ses gestes graciles, mais ce n'était plus une question de dessin, et je m'arrêtai. Je renonçai à sortir l'attendre comme je l'avais fait auparavant. Je délaissai la rue, ma galerie, Monsieur Blanc, que je faisais néanmoins rentrer lorsque l'ivrogne nous vomissait son vacarme.

Je possède peu de meubles. Ma table de travail avec son fauteuil, le comptoir de la cuisine et deux tabourets, soit un de trop, et mon lit avec une commode dans la pièce où il m'arrive de dormir. Le reste de mes affaires est entreposé dans la cave. Quand je serai mort, quand on découvrira tout ce que je possédais d'argent, on ne comprendra pas. Un homme si riche vivant dans un tel dénuement ! Qui peut comprendre, qui le veut ? Le plus grand des luxes que permette la richesse, c'est celui de ne posséder que l'essentiel. N'ayant rien pour occuper mon espace, quand la petite est arrivée, elle l'a envahi.

J'ai passé les heures et les jours à analyser ce que j'avais dessiné. Ma technique avait changé ; je n'utilisais plus que le strict minimum de lignes alors qu'avant, j'avais tendance à surcharger ; ce n'est pas en ajoutant que l'on s'approche de l'essence, c'est en enlevant. Où que je tournasse la tête, je ne voyais qu'elle, mais j'ignorais ce que je devais voir en elle. Voir ! Des mots me sont revenus :

Ce n'est pas dans la main, c'est plus en dedans, c'est dans les yeux, c'est ta façon de voir, de regarder. La main ne fait que suivre, c'est entre l'œil et la main qu'on dessine, dans la tête, le cœur, l'âme…

— Je voudrais faire ton portrait…

Je me souviens de m'être levé, ce soir-là, d'être tombé à genoux. J'avais trop bu, j'étais resté assis trop longtemps, mais c'était l'émotion, veuillez me croire, qui était trop lourde à porter. Le soleil déclinant entrait à profusion par les fenêtres et créait un chatoiement surnaturel sur les murs, de telle sorte que les portraits s'animaient, me parlaient, me révélaient enfin le secret que j'avais toujours gardé en moi : l'absence totale de mal existe, puisque je l'avais rencontrée deux fois dans la même vie ! La première fois, la Vierge, et maintenant cette enfant. Se pouvait-il que ces deux cas soient sans rapport l'un avec l'autre ?

Je me suis réveillé à plat ventre sur le plancher de bois, quand j'ai senti un frottement rugueux et humide sur ma joue : la langue de Monsieur Blanc, que j'avais négligé de faire ressortir. J'avais la tête lourde et la vision trouble : je ne suis pas habitué aux excès. Le sommeil avait dissipé l'émotion, mais dès que j'eus à peu près retrouvé mes aptitudes physiques et intellectuelles, je me confirmai dans mon illumination de la veille. Je suis monté à l'étage où il y a trois pièces vides, et je me suis remis à dessiner sur ces murs vierges. Je ne cherchais plus, je ne faisais que rendre ce que j'avais trouvé, et je suis passé au pinceau.

L'intervalle de six jours entre les visites paraissait inflexible. J'avais repris mon poste et j'attendais. Cette fois, Solène vint par elle-même, sans qu'il fût nécessaire pour Monsieur Blanc de jouer les entremetteurs. Elle portait toujours la seule robe que je lui connus jamais : elle était et restera l'enfant de l'été. Je n'avais ni fusain ni feuille, je la regardais.

— Tu fais plus des dessins, Monsieur L'œuf ?

— Oui, mais je dessine dans ma maison.

— Ah ! Mais maman veut pas que j'entre dans les maisons.

J'ai eu envie de lui demander le nom de sa mère, mais j'ai été retenu par la peur de la réponse.

— Ta maman a raison. Moi non plus, je ne veux pas.

— Pourquoi tu veux pas ?

J'avais dit cela sans vraiment réfléchir, pour appuyer la maman, mais j'imaginai la fillette tout à coup circulant parmi toutes ces représentations d'elle-même. Elle aurait pu s'y perdre comme en une forêt de miroirs et moi, moi, j'aurais bien pu devenir un méchant loup.

— C'est mieux. C'est mieux que tu n'entres pas, ta maman a raison.

— Mais toi, t'es pas méchant !

— Non, mais il n'y a pas que les méchants qui peuvent faire du mal.

— C'est comme mon père. Maman dit qu'il est pas méchant, mais il lui a fait du mal.

— Il lui a fait de la peine ?

— Oh oui ! De la grosse, grosse peine. Il lui a donné des coups aussi.

— Des coups ? Et à toi, il t'a donné des coups ?

— Non. Moi, je suis trop petite. Maman dit que c'est pas parce qu'il est méchant, c'est parce qu'il boit trop de bière. Quand je viens le voir, il boit pas de la bière, il boit juste du coke, parce que si il boirait de la bière, je le dirais à maman puis je serais plus obligée de venir le voir.

— Tu n'aimes pas venir le voir ?

— Non, mais maintenant j'aime ça un petit peu plus parce que je viens te voir avec Monsieur Blanc. Maman a dit qu'il faut que je vienne quand même, que c'est obligé, même si elle aime pas ça, elle non plus. C'est mon père, hein !

— Ton père, est-ce qu'il sait que tu me visites ?

— Non, maman non plus. Je lui dis pas, parce qu'elle va chicaner papa, puis il me laissera plus sortir. Mais moi, j'aime pas ça, toujours regarder la télévision.

— Ton papa ne joue jamais avec toi ?

— Des fois… Mais il a toujours un rhume.

— Il ne se soigne pas ?

— Je pense qu'il met de la poudre dans son nez, des fois.

Je me retins juste à temps de lui suggérer fortement de raconter ça à sa mère, ce qui aurait sûrement entraîné la fin de ses visites. C'était fort égoïste mais, déjà, une intervention éventuelle de ma part se profilait à l'horizon de mon délire.

Elle me laissa au crépuscule après que je lui eus raconté l'histoire des trois petits cochons ; je m'étais exercé, mais le résultat ne fut guère meilleur. Je ressentis encore cette étrange tension dans la poitrine en la voyant monter l'escalier : c'était mon cœur qui se serrait — j'avais toujours cru que c'était seulement une façon de parler, mais cela serre vraiment ! Qu'est-ce que c'était que ce père, sinon un méchant loup ? Avec ce pif, il devait s'en envoyer toute une cargaison dans le système, de la poudre pour soigner son rhume… Et puis je suis sûr que sitôt la petite endormie, il s'en décapsulait une douzaine, ou alors il allongeait son cola au rhum. Trop petite pour qu'il lui donne des coups ? Et comment ! Avec ses paluches, il lui briserait le crâne.

Cela ne voulait pas dire qu'il ne le ferait jamais. Pour le moment, il devait lui rester une mince inhibition, mais l'alcool et la drogue sont des solvants extrêmement efficaces.

Six jours encore, six jours de haine ! Je ne pouvais plus le voir sans songer aux revolvers que je gardais dans ma cave. Je rêvais que je le visais, le poignet bien appuyé au garde-corps de ma galerie, que j'appuyais sur la détente, et j'imaginais le sang jaillissant en fontaine de sa grosse tête ahurie, son corps basculant dans le vide. Je préférais viser la panse ; un trou d'abord, sur le côté, à hauteur du nombril, de manière à ne pas le tuer tout de suite, à me donner le temps d'observer la décomposition de son visage. Puis, juste comme il commencerait à vaguement comprendre qu'on lui tirait dessus, une autre balle, dans l'épaule droite, pour le faire pivoter. Et puis les jambes...

Le sixième jour suivant, je m'installai tôt sur ma galerie : chapeau de paille, lunettes de soleil, une glacière avec de l'eau fraîche et une ration alimentaire. Monsieur Blanc prit position à mes côtés. La journée passa avec une lenteur terrible.

Enfin, vers seize heures trente, je reconnus la voiture indigo qui tournait le coin de la rue. Je me levai tout de suite et entrepris de marcher lentement de manière à me trouver près de la voiture durant le temps qu'elle serait arrêtée, car la mère ne repartirait pas sans s'assurer que sa fille entrait bien chez son père.

Dès que j'eus franchi la moitié de la distance, une sorte de vertige s'empara de moi. J'étais de l'autre côté de la rue, mais le profil, la façon de bouger de cette tête et même les brefs tintements de voix que je commençais à percevoir avaient quelque chose d'effroyablement présent à ma mémoire. Or, ma vie ayant été ce qu'elle fut, ma mémoire était pauvre de ce genre de réminiscence.

Je traversai à angle droit pour passer à un mètre ou deux devant la voiture. Un gouffre s'ouvrit sous mes pas. C'était bien elle que je voyais bécoter l'enfant avec une anxieuse affection, c'était elle, c'était elle, c'était elle !

ELLE !

8

Heureusement qu'il y a la mort

Heureusement qu'il y a la mort ! Imaginons un instant qu'il faille vivre toutes nos haines pour toujours ! Imaginons qu'il faille absolument trouver moyen de tout supporter, tout endurer, tout tolérer, éternellement !

Ma haine pour mon exécrable voisin s'est dissipée dès le moment où j'eus décidé de provoquer sa mort, projet sur le succès duquel je n'entretenais aucun doute : c'était comme s'il était déjà incinéré, le reste n'étant que technique. Comment haïr un mort ?

D'ailleurs, pour mener à bien l'opération, il fallait comme toujours remiser les sentiments au congélateur. Sauf que j'aimais bel et bien, d'abord la petite Solène, et probablement la mère. J'avais dans l'idée qu'une fois rendu à l'humanité le service que je lui offrais d'autant plus gracieusement que, à cette humanité, je ne vouais nulle sympathie, je trouverais assez facilement un moyen de m'approcher de la mère (que je n'appelais plus la Vierge). Je me ferais reconnaître et j'entreprendrais de calquer sur elle les rapports que j'entretenais déjà avec la fille. Je me serais contenté d'un rôle de protecteur bienveillant. Je me voyais dans un fauteuil au milieu d'un atelier vaste et clair, jouissant du spectacle de cette angélique créature occupée à peindre des tableaux gigantesques, tandis que Solène jouerait dans un coin avec un Monsieur Blanc repu.

Le recours aux armes était hors de question. D'abord, qui dit arme dit police et, bien qu'il n'y eût sur mon compte pas le début d'une ligne d'un casier judiciaire, je tenais à éviter d'attirer ces fourmis avec du sang. La flicaille est bien plus dégourdie que ne le prétend la rumeur populaire. Il allait de soi que je devais recourir à une méthode qui m'avait toujours si bien servi.

Je n'eus pas à attendre bien longtemps avant de trouver ma piste. Je n'eus même pas besoin de recherches sur l'identité civique du personnage, ni sur ses compétences si, par extraordinaire, il en avait eu, il était là, offert; jamais une victime n'avait été à ce point à ma portée, et cela m'inclina peut-être à couper les coins ronds, comme diraient les gens de ma rue.

Si l'on pouvait parler de difficulté dans cette entreprise, elle tenait presque tout entière dans l'extrême sédentarité de l'objet visé. Il ne sortait jamais plus que deux fois par semaine, quittant son domicile en fin de soirée et rentrant au milieu de la nuit en brisant des records d'ébriété. Il ne recevait pas d'autres visiteurs que sa fille, et le livreur de bière avec qui il fraternisait un peu, et cela n'a rien d'étonnant dans le cas d'un individu aussi repoussant. À moins, donc, de me déguiser et de le filer dans ses occasionnelles virées vespérales, il fallait l'attaquer chez lui.

Heureusement qu'au besoin le primate faisait un saut à l'épicerie. Un après-midi, je l'y suivis.

Je pris un panier et me mis en frais de le remplir. Grâce à ces miroirs convexes qu'on trouvait dans la plupart des commerces pour contrer le vol à l'étalage, je ne perdis jamais mon homme de vue. Il butinait les tablettes avec un air faussement distrait, lisait les étiquettes des articles qui attiraient son attention pour les reposer dès qu'il en avait aperçu le prix.

Finalement, il se dirigea vers une caisse et je lui emboîtai le pas. Je n'étais plus séparé de lui que par mon panier. Je jouissais — mais est-ce vraiment le terme approprié ? — d'une vue imprenable sur le verso de son anatomie, car, est-il nécessaire de le préciser, ce barbare ne s'était pas donné la peine de s'habiller pour faire ses courses ; il ne portait que son éternel short, retenu par une ceinture qui disparaissait à moitié dans le pli d'un bourrelet. Le bonhomme dépassait probablement le mètre quatre-vingts. Il avait les épaules solides et, avant la dilatation de ses abdominaux, il présentait sûrement une silhouette athlétique. La tête et le cou se fondaient en un seul et même cône tronqué, dissimulé sous une chevelure huileuse qui se terminait en ourlets sur les omoplates. La cime avait commencé à se dégarnir. Il était bien plus jeune que ce qu'il paraissait de loin, la courte trentaine, estimais-je, et s'il l'avait voulu, il eût été encore possible de rectifier son mode de vie et de redevenir présentable. En attendant ce redressement, que je me ferais fort de compromettre radicalement, son dos évoquait une vallée des grandes prairies américaines ; la colonne vertébrale, car il en avait une ! creusait son chemin dans le gras et sur chacune des rives croissaient au petit bonheur des touffes capillaires.

Son tour venu, il posa sur le tapis roulant une boîte de sardines, des craquelins salés, un gâteau brun et deux grosses bouteilles de bière. Il poussa son chariot du bout du pied et il commença à chercher de la monnaie dans la poche gauche de son short, ce qui, vu que ce minuscule vêtement était ajusté à l'extrême, exigeait de violents efforts, d'autant plus qu'il avait réussi à glisser un paquet de cigarettes entre le short et sa bedaine. J'eus tout le loisir de détailler ses tatouages. Des serpents violacés, dont les queues se développaient en fractales spiralées, entouraient ses biceps et ouvraient des gueules de dragon dans les articulations des épaules. Des motifs floraux empruntés à l'iconographie gothique complétaient la composition. Force me fut d'admettre que sur le plan technique, tant dans le détail que dans l'équilibre de la composition, c'était réussi. Du plus mauvais goût, mais réussi ! Son tatoueur était un artiste.

La caissière ne manquait pas de pittoresque non plus. Elle dépassait à peine en hauteur le comptoir derrière lequel elle agrippait les articles, en lisait le prix qu'elle poinçonnait vigoureusement sur la caisse, et les passait à l'emballeur comme si chacune de ses tâches était d'une extrême urgence. Avec son nez agressif et son œil menaçant, elle décourageait la familiarité. (L'invention du code à barres a depuis dépersonnalisé le métier de caissière.)

— Cinq et trente-sept ! affirma-t-elle péremptoirement quand le mécanisme de la caisse se fut tu.

— Hun... grogna l'autre, et il prit le temps d'essuyer d'un geste répétitif ses narines poisseuses, avant de prendre des pièces dans sa poche.

On entendit le rythme nerveux du cliquetis produit par les ongles acérés de la nabote caissière, qui pianotait sur le dessus du tiroir-caisse en regardant au plafond. L'autre continuait de fouiller sa main comme si, à force de se gratter la paume, il allait finir par déterrer dans la crasse une pièce oubliée. Il jetait des regards obliques aux articles qui demeuraient immobiles au bout du tapis roulant, où l'emballeur attendait en silence.

— Pense qu'il m'en manque un peu, râla-t-il, non sans avoir d'abord éructé un juron.

— Bon ! Dans ce cas, il faut enlever quelque chose ! répliqua du tac au tac la caissière. Une bière ?

L'emballeur avait déjà la main posée sur une bouteille.

— Non... non... Le gâteau... j'y pense, y a-t'y des noix, dans ce gâteau-là ? Je suis allergique à mort, moi, faut pas que je touche à ça.

Hypocrite en plus...

— Je n'en sais rien. Il fallait lire l'étiquette, monsieur. Alors ? On enlève le gâteau ?

— Ouin... vaut mieux pas prendre de risque...

Le gâteau était déjà de côté et les ongles de la caissière, qui auraient volontiers griffé plutôt que poinçonné, s'affairaient à établir la nouvelle somme.

— Quatre et quatre-vingt-deux !

— Quatre et quatre-vingt-deux ?

— Exactement !

— Eh ben ! C'est-t'y assez fort ! Il me manque juste une « cenne » ! Quatre et quatre-vingt-une, ça fait-t'y ?

Pour toute réponse, la caissière tendit la main en soupirant.

— Je vais te donner la « cenne » la prochaine fois.

— Oui, oui, c'est ça.

— Tu me crois pas ? Un bon client comme moi !

— Bien oui, bien oui, je vous crois.

— Oh ! Qu'a l'air choquée ! s'exclama-t-il en se tournant vers moi.

Je détournai les yeux. Je ne pouvais plus le regarder sans m'imaginer tirer un couteau, l'enfoncer et trancher suavement dans le lard.

— Mais ça fait rien ! J'aime ça les petites « pitounes » qui ont du caractère.

« La petite pitoune » prit le sage parti d'ignorer le gros lardon et s'occupa des articles que j'avais commencé à déposer à mon tour. Lui sortit triomphalement en continuant à plaisanter avec sa finesse de bouteur.

— Dix-sept et vingt et une !

C'était mon addition. Je n'avais aucune idée de ce que j'avais acheté. Je n'avais qu'un billet dans ma poche et c'était un billet de cent.

— Cent ! Vous n'avez pas plus petit ?

— Ma foi non…

Elle souleva les avant-bras en soupirant d'impatience et frappa sèchement la manette actionnant l'ouverture du tiroir-caisse.

Petites gens, petits problèmes ! songeais-je en descendant la pente de ma rue, portant mon sac contre ma poitrine. J'eus tout juste le temps d'apercevoir l'autre en train de pénétrer chez lui et je pressai le pas pour ne pas le voir ressortir. Je possédais tout ce qu'il me fallait d'informations pour élaborer un plan.

Chez moi, je rangeai mes emplettes, puis j'appelai mon taxi. Je retrouvais avec un certain plaisir cette légère tension typique des préparatifs menant à mes opérations d'antan. Indépendamment de toute autre considération, pensai-je, un peu d'action ne me ferait pas de mal.

À la bibliothèque universitaire où j'avais jadis l'habitude de me documenter, j'allai directement à la *Grande Encyclopédie médicale universelle*, en sept volumes. Ce remarquable ouvrage contient la description détaillée de tous les chemins pouvant mener l'homme à la mort. Je trouvai l'article qui m'intéressait sous la rubrique des allergies :

Les allergies dites alimentaires, ou trophallergènes, sont parmi les plus pernicieuses, car elles provoquent souvent un choc anaphylactique pouvant mener dans un bref délai au décès du sujet. Dans les minutes, sinon dans les secondes, qui suivent le contact avec la matière sensibilisante (les fruits de mer, par exemple, ou les noix), le sujet ressent une impression de malaise général, avec démangeaison de la paume des mains ou de la plante des pieds. Une pâleur intense, une sensation d'oppression respiratoire et d'œdème laryngé, une accélération rapide de la fréquence des battements cardiaques précèdent l'apparition d'une urticaire généralisée. En l'absence d'un traitement approprié, essentiellement une injection de 0,5 à 1 mg d'adrénaline par voie sous-cutanée, qui renversera promptement le processus, celui-ci poursuivra son évolution et le sujet périra par asphyxie.

Superbe !

Je tenais pour acquis que l'allergie de mon « sujet » aux noix de toutes sortes était bien réelle, car je l'avais bien vu, à l'épicerie, lire attentivement la liste des ingrédients pour s'assurer qu'il n'y avait pas de noix (pour quelle autre raison ?) dans ce gâteau, un fourré à la crème d'une marque populaire. Et mon flair ne m'avait jamais trompé.

Je me projetais déjà le film de ma victime en train de se rouler par terre, torturée par le besoin de masser sa gorge avec ses mains rendues inopérantes par de violentes démangeaisons. Je la voyais s'efforçant vainement d'imprimer à son corps convulsé un mouvement de reptation afin de retrouver son injecteur d'adrénaline. Peut-être mon sujet n'en avait-il pas ! Peut-être l'avait-il vendu ? Peut-être se l'était-il injecté un soir qu'il n'avait plus rien à s'envoyer dans le ventre ou dans le nez ! De toute manière, la façon dont, selon mon plan, il allait entrer en contact avec la matière sensibilisante était si intime qu'il aurait à peine le temps de comprendre ce qui lui arrivait.

Mon plan comportait cependant quelques aléas, à commencer par une démarche que je fis à contrecœur.

Je n'étais pas allé par là depuis des années, et ce n'était pas par hasard. J'avais même pris grand soin d'éviter de passer devant cette porte. Dans le temps, c'était une porte en aluminium défraîchie ; lors de cette nouvelle visite, elle était taillée dans le chêne massif, avec de volumineuses poignées de laiton. À l'intérieur, il n'y avait plus de fiasques de chianti accrochées au plafond ; le décor était d'une blanche sobriété, d'une propreté qui se sentait, mais c'était toujours un restaurant espagnol et je suppose que la cuisine y était excellente.

Je m'y suis rendu en début d'après-midi, à l'heure où la gent criminelle règle les affaires courantes. En entrant, je n'ai vu personne, mais l'établissement s'était agrandi et il y avait une salle, derrière, d'où parvenaient des bruits de voix, dont une, en particulier, m'était connue. Je me suis avancé jusqu'à une arche où deux mastodontes patibulaires montaient la garde. Derrière ces cerbères, une demi-douzaine d'hommes vêtus de sombres complets, assis à une grande table, ont levé les yeux dans ma direction : mon irruption venait d'imposer un silence agacé. Au bout de la table, me tournant le dos, assis comme un président, le seul convive qui n'avait pas encore bronché, entendant que le silence durerait, se retourna lentement : c'était lui que je venais voir. Il resta perplexe un petit moment avant d'esquisser un sourire.

— Mais que voilà de la grande visite ! s'exclama Go, et il fit signe à l'un des hommes de se lever.

Celui-ci obtempéra avec une indifférence empressée en indiquant d'un geste de la main que sa place m'était offerte. Les gardiens s'écartèrent et je pénétrai dans la pièce, puis m'assis.

— Ma foi, je te regarde, garçon, et je me demande si le temps a prise sur toi : tu as à peine changé.

Lui, davantage. Parti, son air de voyou : costume clair derrière la serviette de table, front dégarni, tempes grises et menton pesant. Devant lui, une assiette de fruits de mer rosés et une bouteille de blanc.

— Tu as mangé ?

— Oui, merci.

— Tu prendras bien un petit verre de cet excellent vin !

Du vin blanc… Je n'en buvais jamais, mais le jeu en valait le sacrifice.

— Volontiers.

— À la bonne heure ! Il y a si longtemps qu'on ne s'est vus ; il faut arroser ça.

— Sans doute.

Je bus une gorgée ; ce fut moins désagréable que je m'y attendais. Il but aussi, tout en me lorgnant du coin de l'œil.

— La dernière fois que nous avons fait affaire, nous n'avons pas pu fermer les comptes… Je suppose que c'est ce qui t'amène.

— Ah bon ! Est-ce que je vous devrais quelque chose ?

Il réfléchit avant de répondre.

— Non, ce serait plutôt le contraire. Un dépôt n'a jamais été prélevé. Nous avons finalement investi cet argent ailleurs, tu comprends ?

— Vraiment ! Cela m'étonne. Il faudra que j'en parle à mon notaire.

Ah ! Le bon vieux coup du notaire ! La fameuse lettre déposée un peu partout, à n'ouvrir qu'en cas de mort suspecte. Je ne l'avais jamais écrite, mais il n'avait pas à le savoir, et il avait très bien saisi mon allusion.

— Pardonne-moi d'avoir cru que tu venais chercher de l'argent. Ah ! les temps sont durs…

— Je ne suis pas venu pour de l'argent. Je serai direct, si vous le permettez : je voudrais seulement un peu de coke.

— Du Coke ? Avec ce merveilleux vin, tu n'es pas sérieux ?

Les hommes autour de la table, jusque-là aussi silencieux que des enfants de chœur pendant le saint office, se mirent à rigoler.

— … de la coke, de la neige.

— De la neige en cette saison ? Il faudrait te rendre aux antipodes…

— ... de la cocaïne…

— Oh ! C'est une substance illégale, ça, garçon ! Tu te méprends sur la nature de nos affaires.

— Mais non, rassurez-vous. Je sais bien que vous êtes respectueux des lois. Je me disais toutefois qu'étant donné vos multiples relations, si je vous assurais que je n'ai besoin que d'une petite quantité, pour des raisons… expérimentales, vous pourriez peut-être m'indiquer quelque voie honorable pour me procurer cette substance dont on sait que, bien qu'illégale, elle est fort répandue.

— C'est que tu me choques presque ! Comment imagines-tu que je puisse entretenir de telles relations, même indirectement ? J'ai bien peur de ne pouvoir t'être utile, à mon grand regret, crois-moi. À moins que vous autres… et son regard fit le tour de ses compagnons de table.

L'un avançait la lèvre inférieure en une moue d'impuissance, un autre hochait négativement la tête, un troisième se flattait le menton en s'interrogeant du sourcil.

— Dommage, conclus-je. J'avais pensé que peut-être… mais n'en parlons plus.

Je me levai.

— Je suis vraiment désolé, garçon ! Sois sûr que cela me ferait franchement plaisir. D'ailleurs, si tu nous laisses tes coordonnées, je te préviendrai si jamais le hasard nous mettait en contact avec quelqu'un qui puisse te rendre ce service.

— Je vous remercie, mais je suis un peu pressé par le temps. Dans quelques jours, cela n'aura plus d'intérêt pour moi.

— Ah bon ? Tu sais, à ce qu'on dit, on peut se procurer de la cocaïne très facilement dans la rue…

— ... à condition de savoir où aller.

— Très juste.

— Et il y a aussi la question de la qualité.

— Je comprends. Mais je t'en prie, ne pars pas tout de suite. Même si tu as déjà mangé, tu ne pourras pas, j'en suis sûr, t'empêcher de goûter le fabuleux *manchego* qu'on sert ici.

Il fit un signe à l'homme qui m'avait cédé sa place, et celui-ci disparut, toujours sans mot dire. Je pris le parti de me rasseoir. Je savais qu'en ce lieu je n'avais rien à craindre. Traiter avec quelqu'un du genre de Go, c'est comme flatter un fauve ; il ne faut surtout pas perturber le climat de confiance. J'entendis un lent pas de femme derrière moi, accompagné d'une odeur d'étable suffocante, et sur la table vint se poser une cloche de cristal dans laquelle une masse jaunâtre évoluait lentement vers une nouvelle forme de vie. Devinait-il que le fromage me répugnait ?

— Tu vas voir, garçon, tu n'auras jamais rien goûté de meilleur. Ils le font venir directement d'Espagne et l'affinent eux-mêmes dans la cave.

Les mains qui déposaient le plateau réveillaient des souvenirs. Je suivis la ligne du bras, remontai jusqu'au visage. Eh oui ! C'était la *señora corazón*, avec son teint pâle, ses lèvres pulpeuses. Ses cheveux étaient gris et un réseau de rides qu'on eût dit taillées au couteau donnaient à son visage une puissance dramatique qu'il n'avait pas à l'époque. Elle me sourit, mais je suis sûr qu'elle ne me reconnut pas. Je mangeai et fis les commentaires que l'on attendait.

— Tu goûteras bien aussi au dessert? Le sorbet à la mangue est une splendeur.

— Non, merci. Ce serait avec plaisir, mais je suis attendu. Une autre fois, peut-être.

— Libre à toi. Carlos, veux-tu raccompagner le garçon ?

L'homme, toujours celui qui m'avait cédé sa place, était revenu. Il m'invita à le précéder, ce que je fis. Arrivé à la porte, je me retournai et lui tendit la main.

— *Muchos gracias !*

Il la prit tout en se servant de sa main gauche pour me retenir le poignet. Je sentis la présence d'un objet blotti dans sa paume, un sachet de plastique.

— *Muchos gracias !* répétai-je en montrant un peu plus d'enthousiasme que la première fois.

— *Yé* vous en prie…

Je glissai le petit paquet dans ma poche et sortis tandis qu'il me tenait la porte ouverte.

Je marchai tout droit sans me retourner. Je savais qu'il ne me suivait pas, mais qu'un autre le ferait sûrement. J'avais prévu la manœuvre.

Mon taxi m'attendait un peu plus loin. Je montai dans la voiture. Le chauffeur qui, depuis qu'il m'avait servi pour la première fois ici-même, s'était amplement habitué à mes exigences particulières, roula moins d'un kilomètre, pendant lequel je changeai d'apparence grâce à ma veste réversible, et à de fausses moustaches assorties de lunettes tout aussi fausses. Nous pénétrâmes brusquement dans un stationnement souterrain qui communiquait avec le métro. Il descendit de trois niveaux et s'arrêta devant un ascenseur. Si une voiture avait réussi à nous filer, je l'aurais su tout de suite. Je quittai vivement le taxi et appelai l'ascenseur, qui montait dans le hall d'un édifice à bureaux.

À partir de là, quidam insignifiant dans la foule affairée, je suivis la flèche qui indiquait la station de métro.

Quarante-cinq minutes plus tard, je posais le petit sachet sur la table de ma cuisine.

L'ayant goûtée du bout de la langue, je constatai que c'était une poudre d'une qualité exceptionnelle, comme jamais, on peut en être sûr, mon triste voisin n'en avait reniflé. Mais je doute qu'un revendeur normalement constitué ait jamais eu l'idée de couper sa marchandise avec des noix en poudre... J'avais choisi les plus beaux spécimens de différentes espèces que je râpai afin d'obtenir des particules aussi fines et blanches que possible. Je mélangeai cette poudre avec la cocaïne. Je versai le tout dans un nouveau sachet que j'insérai dans une enveloppe, sur laquelle j'écrivis, en grosses lettres enfantines, quelque chose comme :

« ASSEYE ÇA, MAN, S'EST DE LA BONNE. RONNY »

Évidemment, ce bout de papier pouvait être incriminant pour le fou, mais ça n'avait aucune importance. Je présumais que Ronny connaissait mal l'usage de la lettre C, entre autres, et je ne m'étais pas soucié d'imiter son écriture. Je sais que, à poudre donnée, les drogués ne regardent pas l'emballage.

Ensuite, je préparai les accessoires nécessaires à mon déguisement et je sortis sur la galerie, comme si rien n'avait ni n'allait changer dans mes bonnes vieilles habitudes. Les choses se présentaient bien. La semaine était encore jeune et, avec ma chance habituelle, on pourrait en finir avant le retour rituel de Solène, où son père ne répondrait pas à la porte. (Il faudrait alors ruser pour garder le contact avec la mère et l'enfant, mais je trouverais le moyen.) Il fallait simplement attendre le moment propice, profiter de cet arrêt pour cultiver mon sens du détachement, me tapir comme un chat, comme Monsieur Blanc, dont la participation faciliterait le déroulement des opérations.

Comme s'il devinait mes pensées, le diabolique animal s'ébranla et descendit jusqu'au trottoir. Une fine bruine suintait sur la chaussée luisante. Il traça de son pas gondolant une diagonale minutieuse et se retrouva au pied de l'escalier menant chez l'exécré personnage. Il s'assit un instant, bâilla, se pourlécha un coup, jeta autour un regard policier, leva la tête vers le balcon, et après trois secondes de réflexion, il souleva son arrière-train et bondit d'une marche à l'autre. Il s'arrêta net sur le balcon, sans le moindre glissement. Il fit encore trois pas et, avançant la tête, poussa un long miaulement. Un autre encore. La silhouette de la brute apparut. Monsieur Blanc recula.

— Qu'est-ce que tu veux, toi ?

Il ne l'a pas dit comme cela : c'était... plus gras. Monsieur Blanc répondit par un nouveau miaulement — à quelle autre réponse s'attendre de la part d'un chat ?

— Vas-tu me sacrer ton camp ?

Le pied leva en même temps que le ton de la voix, mais fendit l'air, car Monsieur Blanc avait bondi hors de sa portée dans un rauque feulement et dévalait l'escalier à la vitesse d'un toboggan, la tête au ras des marches et les oreilles rabattues pour se protéger de la pluie de jurons acides qui s'abattait sur lui. J'observai la scène sans bouger, mais restai longtemps avec une crampe dans les articulations de la mâchoire, et je compris mieux la satisfaction que ressentent les tueurs ordinaires à se servir d'armes à feu ; le bazooka, par exemple, aurait-il son charme ?

Pour l'heure, je ne pouvais tuer que le temps, ce que je fis en dessinant la vigne, remarquablement luxuriante cette année-là. C'était un sujet neutre.

Vers vingt-deux heures, la victime désignée, qui, pour cause de mauvais temps, nous avait, jusqu'à la fin de cette soirée, privé du spectacle affligeant de sa vulgarité, apparut et entreprit de descendre les marches de son escalier courbe, en gardant la main droite fermée sur la rampe. Parvenu sur le trottoir, l'ivrogne respira d'aise avant d'entreprendre, d'un pas vacillant, l'ascension de la pente douce vers la rue principale, où il se perdit dans la direction des terrasses.

C'était l'occasion que j'espérais.

Le plafond gris de la journée se déchiquetait à la faveur d'un noroît frisquet. Je rentrai. Monsieur Blanc entra avec moi, comme s'il était parfaitement au courant de ce que j'attendais de lui… et je crois bien qu'il l'était. Le masque était prêt, une cagoule très ajourée fabriquée dans une retaille de bas de nylon et ornée de poils synthétiques. J'introduisis ensuite des boulettes de ouate profondément dans chacune de mes narines, de manière à gonfler la forme de mon nez ; cette légère modification produit un effet étonnant. Enfin, usant généreusement de poudre terreuse, je donnai à l'ensemble une couleur uniformément crasseuse. J'enfilai un pantalon gris et une ample chemise froissée. Je chaussai des espadrilles de première qualité — car il ne faut jamais exclure la possibilité de devoir courir — que je maquillai aussi à l'aide de bas de nylon. Il ne restait qu'à revêtir un manteau tellement crotté qu'il se tenait presque debout tout seul et, bien sûr, une tuque, car un honnête sans-abri ne se sépare jamais de son bonnet, quelle que soit la saison.

Je sortis par la porte arrière, sans faire de lumière. Le flanc nord de ma maison longe une haie de chèvrefeuille. La nuit, accroupi, je pouvais par là me rendre au trottoir sans être aperçu et attendre un moment sûr pour sortir. Le chien des voisins aboya, mais Monsieur Blanc, qui le savait solidement attaché, s'en alla le narguer. J'entendis une porte s'ouvrir et le voisin crier un ordre au chien qui rentra piteusement dans sa niche. La rue était déserte : on ne voyait personne sur les balcons d'en face et la plupart des fenêtres étaient obscures. Je sortis des buissons et me mis à marcher d'un pas traînant comme si j'avais passé la journée à écumer les poubelles. Je traversai la rue pour rejoindre la seule et unique poubelle publique du coin. Pendant que je faisais semblant de fouiner, Monsieur Blanc passa près de moi.

— Va ! lui dis-je. Monte !

Et je continuai mon manège sans plus m'occuper de lui. Finalement, je repris ma marche, je fus presque aussitôt en face de la maison du futur cadavre. Il n'y avait pas de lumière chez les propriétaires, comme c'était presque toujours le cas, ni chez le fou. Alors une longue plainte se fit entendre, une plainte bruyante de chat esseulé. Je m'arrêtai, levai les yeux : Monsieur Blanc était à son poste.

— Viens, mon minou !

J'essayais de l'appeler par des imitations de bécots. Il ne fallait pas qu'il descendît, et il ne descendit point ; ce fut moi qui montai, en mélangeant avec le plus de vraisemblance possible les précautions et les hésitations. En cas d'intervention importune, je n'aurais eu qu'à invoquer le prétexte du chat et à filer sans demander mon reste. Cela ne se produisit évidemment pas et, arrivé sur la plateforme du balcon, je pris Monsieur Blanc dans mes bras : si des yeux m'avaient observé d'une fenêtre, je suis sûr qu'ils n'auraient jamais remarqué que, avant de prendre le chat, j'avais subrepticement coincé ma petite enveloppe entre le montant de la serrure et le chambranle.

Je redescendis tranquillement, en flattant la tête de Monsieur Blanc qui ronronnait de fierté, les yeux mi-clos et, ma foi oui, un petit sourire en coin aux babines. Sitôt sur le trottoir, je lui rendis sa liberté et il détala. Moi, je continuai à marcher par les petites rues, toujours feignant de fouiller les poubelles, dans lesquelles j'abandonnais successivement les diverses parties de mon déguisement.

En moins d'une heure, j'étais de nouveau présentable. Mon taxi était au rendez-vous et je rentrai à la maison. Monsieur Blanc m'y attendait. Il entra avec moi, s'installa comme il en avait maintenant l'habitude en l'exact milieu du séjour, en attendant que je remonte de la cave avec une fameuse bouteille, que je débouchai avec l'intention de la partager avec lui, tout en laissant mon regard vagabonder sur les minois peints de ma petite déesse, auxquels mon esprit altéré imaginait des sourires complices.

9

Il faut que la bête vive

Qu'est-il arrivé de Monsieur Blanc, que je n'ai plus revu depuis que nous avons goûté ensemble cette bouteille ? Ensuite, il m'avait demandé la porte, me laissant boire tout seul.

Après deux décennies, un chat normal serait mort, mais lui, j'en mettrais ma main au feu — et je m'attends à être éventuellement pris au pied de la lettre —, on lui aura trouvé d'autres galeries quelque part.

Même de lui, que j'aurais toutes les raisons de détester, je m'ennuie. Pourquoi serait-il resté là, sur la galerie, alors que sa mission était accomplie. Il n'a cherché en aucune manière à me saluer. Je pourrais gaspiller mon adrénaline à le traiter de salaud, de petite ordure, de traître, de faux frère, mais toute insulte ne serait jamais qu'un hymne à ma propre bêtise, puisque je savais de tout temps qu'il ne faut rien attendre de quiconque, et d'un chat encore moins.

La mort et moi, nous nous attendons. Je pourrais descendre à la cave et m'éclater la cervelle d'une balle, mélanger un peu de cyanure dans du beurre d'arachide ou encore me pendre, oui, me pendre dans la rallonge que j'ai fait bâtir derrière la maison, une vaste pièce généreusement fenêtrée, avec un plafond hexagonal, dont les parties pleines sont couvertes de fresques représentant toujours Solène et sa mère, telles qu'elles vivent en mes souvenirs, car je sais bien que l'enfant est maintenant une jeune adulte et que la mère, ainsi que moi, descend vers la plaine sans horizon de la vieillesse officielle. Il y a leurs portraits jusque sur les vitres, où, à la faveur des différentes inclinaisons de l'astre solaire, elles paraissent vivantes. Ah ! quel beau pendu je ferais, accroché au faîte du plafond, dans les reflets chatoyants qui couleraient, tels des saignements, sur mon corps inerte ! Quel beau pendu, oui, mais beau pour qui ?

Il reste encore un peu de place en bas des cloisons pour peindre, couché sur le plancher, comme un Michel-Ange débauché, abandonné et sans génie. Quand il ne restera plus un centimètre carré de libre, j'entamerai la nouvelle pièce dont la construction débutera sous peu. J'ai déniché un bâtisseur d'un âge canonique qui en a vu bien d'autres et qui travaille pour le vieux fou que je suis avec une indifférence qui me rappelle la mienne. J'espère que je quitterai ce monde avant lui, car tant que je vivrai je continuerai d'agrandir ce temple dont je me fais le prêtre. Prêtre, moi ! Quelle ironie ! Un jour, puisque je n'ai pas d'héritière, les autorités municipales, alertées par des voisins que les relents de mon cadavre auront incommodés, pénétreront ici et découvriront sans comprendre cette œuvre monumentale.

La maison du fou ! Voilà comment il faudrait nommer ce temple, car c'est bien moi, maintenant, le fou de la rue, l'autre étant disparu. Je fais un fou bien commode, qui ne dérange personne et contribue à l'économie locale avec ses constructions absurdes. On me salue, on me parle. Il n'y a guère que quelque jeune maman qui tire discrètement vers elle sa progéniture quand elle me voit descendre la rue, la rue que je ne quitte plus jamais, au cas où…

Oui, je ferais un pendu pittoresque, mais cela n'arrivera pas, au cas où, toujours… Elles sont vivantes, toutes les deux, et, aux dernières et trop anciennes nouvelles, elles se portent à merveille, poursuivant leur existence dans un bonheur retrouvé, quelque part de l'autre côté du fleuve. On l'a su. Le monde est petit et longue la vie.

En attendant, je veille et je lèche mes plaies en écrivant, ou je m'assois au centre d'une des pièces de la maison, je débouche une bouteille, je fume une pipe et je pars à la dérive, jusqu'à ce que je me réveille, plusieurs heures plus tard, assis à la même place. Les visages peints se mêlent à mes souvenirs.

Je me rappelle d'ailleurs parfaitement ce Fontaine-Lamotte 1949 (quelle année !) qui m'avait accompagné plutôt deux fois qu'une durant la nuit où, déguisé en clochard, j'avais livré mon cadeau empoisonné au monstre. Ce n'était pas le plus grand cru de ma cave, mais il révélait en bouche des saveurs glacées de vengeance soulignées par de petits fruits de tendresse, avivées par l'acidité de l'attente. Exquis ! L'émotion intervient donc dans la perception sensorielle et le goût des choses.

J'attendais, j'attendais, je ne pouvais rien faire d'autre. Je construisais des scénarios ; il n'avait pas aperçu l'enveloppe avant d'ouvrir la porte, elle était tombée avec un petit bruit sec qui avait résonné comme des clochettes dans ses oreilles givrées, il l'avait ramassée, au grand risque de s'écraser. Dans son langage néandertalien, l'affreux s'était demandé ce que c'était que cet envoi nocturne.

Enfin, assis à la table de sa cuisine, une vieille table en formica jaune des années cinquante avec des pattes et un rebord chromés, il tenait le sachet entre ses doigts au-dessus de l'enveloppe déchirée. L'envie d'aller se coucher… « On consommera ce petit cadeau demain… Pas avec le fou, holà ! Un fou, c'est un fou ! Et puis, s'il avait tenu à le partager, il serait venu le lui donner en mains propres… Bizarre… Mais puisque c'est donné, hein ! Oh ! Et puis pourquoi pas une ligne pour y goûter, juste un trait, un *night cap.* »

Les pailles étaient dans un tiroir près du lavabo, avec la lame. Il utilisait la même paille le plus longtemps possible, dans l'idée qu'elle serait culottée comme une pipe, et peut-être aussi par esprit d'économie, car les faibles se consolent de leur faiblesse en simulant la force dans la maîtrise des niaiseries. Trouver un coin pas trop collant sur la table exigeait un effort de concentration. Maintenant verser avec délicatesse… Les drogués ont toujours un rituel qui produit déjà son propre effet.

Mais à peine a-t-il tiré la moitié d'une ligne, qu'une toux violente éclate, aussitôt contrecarrée par l'enflure des voies respiratoires, la gorge s'étrangle, et en même temps, puisqu'il y a de l'excellente cocaïne là-dedans, le cerveau se met à papillonner, juste assez pour qu'apparaisse la Grande Dame que tout le monde connaît, mais que personne ne veut saluer, la Mort, la Mort dans la plus extravagante de ses robes, parce que sous l'influence de la drogue, tout est plus beau, plus intéressant, plus terrible ! La Mort qui s'avance en ricanant avec sa faux impeccablement astiquée…

C'est à peu près ainsi que les choses ont dû se passer, à un détail prêt : la Mort, voulant étirer sa jouissance, n'est pas allée assez vite.

J'avais fini par m'assoupir directement sur la table, comme un poivrot fini. Je fus réveillé à six heures quarante-cinq par un bruit insupportable que je crus d'abord venu de la nuit, mais qui appartenait bel et bien au jour, au jour lumineux et torride dont il semblait claironner la naissance. Je sortis. J'aperçus tout de suite l'ambulance. Elle était garée devant la maison du fou et cela m'inquiéta. Mon inquiétude grandit en constatant, un peu plus loin, la présence d'un autre véhicule arborant des caducées, symbole de la profession médicale. Pourquoi un médecin ?

En d'autres circonstances, j'aurais goûté le pittoresque de la scène. Le temps se mettait au beau et la bruine de la veille avait excité la verdure qui exhalait à flots généreux son azote odorant. De toute évidence, la sirène de l'ambulance n'avait pas réveillé que moi et, ainsi que le permettent les us d'un milieu populaire, en été, dans des circonstances exceptionnelles, des gens étaient sortis en robe de chambre. La maman créole était là, avec son homme qui, lui, portait déjà un veston jaune serin avec une cravate orangée. La grosse concierge, sûrement sur pattes depuis l'aube, se tenait bien droite, les bras croisés posés sur sa poitrine et dodelinait de la tête. Les petits vieux d'en face, par contre, se contentaient de suivre l'événement de leur observatoire habituel.

Il y avait aussi Ronny le fou, qui venait peut-être seulement de rentrer, et qui vivait tout cela dans sa réalité bien à lui, c'est-à-dire en se déplaçant à pas saccadés à travers la scène, gesticulant et pleurant. Sa confusion débordait sur mon propre esprit, y faisant renaître un espoir ténu. La bête avait trépassé ! J'avais réussi, comme toujours.

Je n'osai pas d'abord bouger de ma galerie. Je regardai vers le fameux balcon où j'étais monté la veille : la porte était ouverte et, vision traumatisante, je reconnus dans l'embrasure les silhouettes confondues d'une femme qui regardait à l'intérieur et d'une petite fille serrée contre sa cuisse. Je ne les quittai plus des yeux et ne pus donc voir que le fou était tombé à genoux sur le gazon, poursuivant de plus belle ses lamentations devant le cadavre de son rat, toujours attaché à une laisse inutile, les chairs déchiquetées par une dentition féline. Monsieur Blanc devait se lisser les moustaches dans un coin d'ombre. Petite récompense bien méritée.

Solène avait la main droite accrochée à la ceinture de sa mère et elle se mordillait l'autre. La mère portait ses lunettes de soleil et se mouchait régulièrement, chassant un sanglot qui revenait toujours à la charge. Elles n'auraient pas dû être là ; ce n'était ni leur jour ni leur heure !

Alors je compris, comme on comprend sur le coup ce genre d'aléa, au travers des brumes de la confusion, comme le renard comprend son erreur quand il sent les dents du piège s'incruster dans sa chair, je compris que, dans le jeu que j'avais pratiqué à mon avantage ma vie durant, la carte maîtresse venait de s'abattre… et que je perdais, que tous mes gains se trouvaient réduits à zéro, qu'on m'avait laissé gagner toutes les petites parties pour mieux me terrasser dans la grande finale.

Abasourdi, je descendis à mon tour dans la rue. Je m'avançai. Je ne voyais nulle part la petite voiture indigo, mais devant l'ambulance, il y avait une voiture taxi avec son chauffeur debout à côté, en attente… MON chauffeur ! On avait tenu à ce que la démonstration fût irréfutable !

Mais déjà, à la porte apparaissait la silhouette d'un ambulancier, aussitôt suivie de la civière qu'il tirait et qu'un collègue poussait à l'autre bout. Ensuite vint un médecin, reconnaissable à son stéthoscope. La manœuvre pour descendre la civière dans l'escalier exigeait des précautions, mais je suppose qu'ils en avaient vu d'autres. Le malade, langé dans une couverture rouge, avait le visage recouvert d'un masque translucide. La mine des ambulanciers ne laissait aucun doute sur la gravité de son cas et la cérémonieuse descente imposa à l'attroupement un intermède silencieux. Celle qui aurait dû devenir veuve suivait, en s'appuyant sur la rampe et sans lâcher l'épaule de sa petite fille.

Surmontant ma tétanie, je me glissai derrière les créoles.

— Pensez-vous qu'il peut s'en tirer ? demanda la mère quand le corps eut été dûment installé dans l'ambulance.

— Je ne sais pas, madame. Je n'ai jamais vu une crise d'allergie aussi grave. Vous m'avez dit qu'il était allergique aux noix. On dirait qu'il en a mangé une tonne, mais on n'en a vu aucune trace dans la maison. En tout cas, l'injection qu'on lui a donnée semble faire effet, mais il faut l'hospitaliser très vite. C'est triste à dire, mais vous serez très bientôt fixée, dans un sens ou dans l'autre…

— Est-ce que vous montez avec nous, madame ? demanda l'ambulancier de l'intérieur de son véhicule, comme il s'apprêtait à refermer les portières.

— Est-ce que je peux être utile ?

— Franchement, non. Vous pourrez le rejoindre à l'hôpital.

Prenant le silence qui suivit pour un acquiescement, il claqua les portières et l'ambulance démarra en achevant de réveiller la municipalité avec sa sirène.

— Je sais que tout cela est bien éprouvant pour vous, madame, dit encore le médecin en regardant la petite du coin de l'œil, mais puis-je vous parler seul à seul ?

— Allez-y, je vais m'occuper de la petite chérie… proposa la grosse concierge en inclinant sa masse charnue vers ma déesse qui écarquilla de grands yeux perplexes et amorça un mouvement de recul de peur que le mastodonte n'eût l'idée de lui pincer les joues.

— Oh ! Pauvre petite crotte ! se permit encore la concierge. Aie pas peur. La madame est bien fine.

Solène parut tout sauf rassurée, mais, sous le regard approbateur de sa mère, elle se laissa emmener un peu à l'écart, en direction du taxi. Elle avait les yeux baissés comme si elle était punie, elle ne m'aperçut pas.

— Écoutez, docteur, enchaîna la mère, si ça ne vous dérange pas, finissons-en au plus vite. Je sais très bien quel genre d'homme est devenu mon mari et j'imagine qu'il est bien connu dans cette rue.

— Soit, mais si c'est cette poudre qui a causé la crise, il faudrait peut-être aviser la police… sûrement, en tout cas, si les choses tournent au pire…

La perspective d'une intervention policière me laissait de glace. De toute manière, je pouvais d'ores et déjà déduire qu'il n'y aurait pas d'enquête, parce qu'il n'y aurait pas de meurtre.

— S'il vous plaît, docteur, laissez aller les choses. Je sais mieux que quiconque que ce n'est pas un ange. Je ne l'ai pas quitté sans raison, mais il a déjà eu sa part d'ennuis et s'il s'en tire, prions pour que cela lui serve de leçon.

— Oui, madame, prions le Seigneur ! fit en écho la maman créole, et elle baissa tout de suite les yeux en bougeant pieusement les lèvres.

— Bon, eh bien, je dois y aller, il n'y a pas de temps à perdre, dit le médecin, et il tourna les talons après avoir touché l'épaule de son interlocutrice pour la réconforter.

Celle-ci, inconsciente du fer qu'elle allait me tourner dans la plaie, s'adressa aux créoles et, comme j'étais toujours juste derrière, à moi indirectement.

— Il a l'air dur, comme ça, mais si vous l'aviez connu il y a dix ans… C'est un grand sensible, un artiste montant, qui allait bientôt exposer à New York, mais il n'arrive pas à assumer ses émotions. Le succès lui a fait peur, le bonheur aussi, je crois. Quand je suis devenue enceinte, il a commencé à déraper. Quand elle est née, il a basculé. J'ai tout enduré pendant trois ans, mais dès qu'il s'est montré violent, je l'ai mis dehors. Oh ! il n'a jamais été un saint, mais on dirait que la paternité, ça faisait déborder le vase. En même temps, je suis sûre qu'il se sentait coupable. Il s'était engagé dans un processus d'autodestruction. Puis il a demandé à voir sa fille. Il n'avait jamais été méchant avec elle, mais tout de même... J'y ai vu un signe, comment dire, de renaissance. Une heure par semaine, au début...

Avant de poursuivre, elle jeta un coup d'œil vers sa fille qui, tout près du taxi, de MON taxi ! se laissait flatter la tête par la grosse concierge qui ne perdait rien de la conversation.

— Si vous voyiez les peintures ! Il n'en reste que trois ou quatre. Il a vendu le reste pour des riens à des marchands sans scrupules. Il n'a pas produit depuis qu'il est parti, que je sache. Il a gaspillé son talent et les occasions qui s'offraient à lui. Si vous voyiez tous ces œufs, avec les jaunes éclatés, brillants sur des fonds blancs comme on n'en a jamais vu avant ! Ils suscitaient un remarquable engouement.

Elle fit une courte pause.

— Il l'aime, je suis sûre qu'il l'aime, et il m'aime, moi aussi, je pense. C'est difficile à comprendre. C'est un homme qui n'a pas eu une enfance très heureuse. On s'est rencontrés dans une galerie et on s'est aimés tout de suite. Ça n'a pas été facile de le faire accepter par ma famille, mon cercle d'amis, à cause de son allure et de ses manières de voyou. En fait, ça a été impossible et j'ai eu droit à plus que mon lot de « je te l'avais dit », mais je n'ai qu'à regarder Solène pour me confirmer que j'ai eu raison. J'espère de tout cœur qu'on va le sauver.

À ce point du récit, tout le monde s'essuyait les yeux, sauf moi, bien sûr, qui avais cependant très mal dans les orbites. Faudrait-il en plus que je réapprenne à pleurer ?

— Voulez-vous qu'on garde la petite pendant que vous allez à l'hôpital ? offrit la grosse concierge.

Solène se dégagea aussitôt pour se jeter vers sa mère qui s'avançait vers le taxi.

— Merci, mais on va rester ensemble.

Puis, elle raconta, comme se parlant à elle-même :

— Quelle chance... Je n'étais pas censée venir ici ce matin. Mais imaginez-vous qu'il y a eu une fuite de gaz à la fin de la nuit, dans notre quartier, et il fallait évacuer, et pas question d'ouvrir la garderie. Je me suis dit qu'il pourrait prendre soin de la petite pour la journée. J'ai appelé, mais je n'ai pas eu de réponse, alors j'ai décidé de venir et de le tirer du lit. Mais là, imaginez encore que la voiture refuse de démarrer ! Ça n'était jamais arrivé. Par chance, il y a ce taxi qui passe au même moment et qui est libre. C'est quasiment un miracle, car il a fait le trajet en deux fois moins de temps que j'en mets d'habitude. Sans lui, je serais arrivée trop tard ! Oh ! mon Dieu ! Quand j'ai vu la porte ouverte, j'ai tout de suite senti qu'il se passait quelque chose d'anormal. En montant les marches, je l'entendais râler. C'était épouvantable. On ne peut souhaiter ça à personne.

— Le Seigneur est grand ! psalmodia la maman créole.

Elles sont enfin montées dans le taxi, la fillette d'abord, que sa mère a méthodiquement attachée, elle-même ensuite. Je n'ai pas pu m'empêcher de m'avancer pour regarder Solène une dernière fois. Elle m'a aperçu et m'a fait, à travers la vitre, un minuscule salut de ses doigts graciles, et elle a joint ses mains ouvertes de manière à former un ovale.

Adieu, Monsieur L'œuf !

J'ai revu sa mère une dernière fois. Je me disais bien que, d'une manière ou d'une autre, le logement n'allait pas rester désert indéfiniment: soit que son occupant y reviendrait, soit que quelqu'un passerait pour vider la place et, en conséquence, je ne cessai de faire le guet.

Ce fut elle. L'été se mourait. Elle vint avec sa petite voiture, sans la fillette, hélas! dont l'absence déjà creusait son abîme. Deux hommes l'attendaient, appuyés à une fourgonnette. Elle les invita à la suivre en haut.

Avertie par je ne sais quel sens, la grosse concierge était sortie et ne s'était pas gênée le moins du monde pour aller aux nouvelles. Quand la mère fut redescendue avec la valise alourdie, elle lui parla. Elle semblait bien se porter et j'eus même un instant l'impression qu'elle riait, mais mon attention fut vite détournée par les œufs.

Ceux que j'avais pris pour des déménageurs n'emportaient pas des meubles, mais des tableaux et, par une dérision suprême, le hasard voulut que leurs faces peintes fussent toutes tournées vers moi. Il y en avait cinq. C'étaient de grandes toiles d'environ quatre mètres carrés, qui représentaient des œufs cuits au miroir. Même de loin, on pouvait noter la qualité du travail. Ces œufs-là semblaient plus réels que ceux qu'on trouve dans toutes les assiettes du monde, mais sans assiette, justement, totalement dépouillés d'environnement, comme s'ils n'existaient pas dans un univers, mais étaient l'univers en eux-mêmes. Je contemplai une à une les toiles, totalement humilié. Chacune leur tour, elles descendaient l'escalier comme autant de préfigurations d'un monde nouveau sur lequel se levaient des soleils éclatés. Les blancs s'étendaient en mers à la fois glaciales et pourtant bouillonnantes de devenir, chargées de prémices de vie. Sa démarche s'opposait à la mienne, comme s'opposent toutes choses vraies ici-bas. Alors que, moi, ma recherche se concentrait sur l'entité œuf, lui, il s'en désintéressait complètement, le cassait, le vidait, le sautait à la poêle, s'en composait un monde.

Les toiles furent chargées dans la camionnette. Elle parla encore aux hommes qui lui remirent ce qui semblait de toute évidence un chèque. Elle l'examina un instant puis leur serra la main et revint vers sa voiture.

Je la vis m'échapper pour toujours, elle dont je ne m'étais pas même approché suffisamment pour ajouter son odeur à mes souvenirs.

Un moment plus tard, le camion démarra et, contre toute logique puisqu'il avait le chemin libre, il se cabra et s'immobilisa dix secondes de façon à exposer son flanc à ma vue. Je pus lire l'inscription aussi clairement que j'avais lu une certaine carte, quelque quinze ans plus tôt:

Alban-Zébulon Arto
Marchand d'art

10

La vie est longue

Seul…

On est toujours seul, en prison… et l'on est toujours en prison quand on est seul. La peine de mort n'existe plus dans ce pays et je le regrette, pour le bien-être de la société comme pour le mien. Avec tous mes assassinats, la corde, le couperet, la chaise électrique, la chambre à gaz, n'importe laquelle de ces humaines inventions trouverait en ma personne une inébranlable justification. Il faudrait cependant que l'on me prenne. Je pourrais me livrer, mais je l'ai déjà dit, je ne peux pas me suicider, je ne le peux plus; j'aurais dû le faire le jour où j'ai abandonné l'étude des beaux-arts, quand il était encore temps, quand il était encore possible d'échapper à la sourde machination qui allongeait vers moi ses tentacules invisibles. On ne se refait pas, on ne se défait pas non plus. Je dois subir ma prison, et l'adjectif possessif n'a rien ici d'une figure de style.

Elle est tout à fait mienne, cette geôle, bâtie de mes erreurs et de mes errements, à l'intérieur comme à l'extérieur, voulue, étudiée, planifiée. On se tromperait à prétendre que mon histoire est immorale. Les assassins n'ont pas besoin d'être pris pour aller en prison, et celles dans lesquelles ils s'enferment sont les plus dures. Il ne manque même pas les barreaux : ils sont adéquats, ceux en fer forgé de ma galerie, derrières lesquels je ne peux même plus me cacher, car pour faire plus sinistre, de la vigne il ne reste que des sarments secs qui serpentent, spectres arides, sur le stuc lézardé. Bien sûr, je pourrais descendre les marches et partir : qui m'en empêcherait ? Personne. Est-il pire détention que d'être son propre geôlier ? Où irais-je ? Est-il pire geôle que de n'avoir nulle part où aller !

Seul...

Oh ! Il y a bien ce grand bonhomme avec un ridicule chapeau noir en forme d'aubergine et un long foulard rouge qui frémit au vent même quand l'air est stagnant, que je croise de temps à autre dans la rue Principale, et qui fait semblant de ne pas me reconnaître. J'ai maintenant l'habitude de faire des promenades de bagnard résigné. Il peut aller et venir tant qu'il voudra, Alban-Zébulon Arto, je ne hâterai pas mon heure. Qu'il attende, sa victoire n'en sera que meilleure ; qu'il attende que je meure, son attente est ma seule grandeur.

Et, paradoxe, les apparitions sporadiques d'Arto sont mon seul élément de réconfort : s'il me tourne encore autour, c'est qu'il n'a pas jeté son dévolu sur Solène ou sa mère.

Où sont-elles ? Elles étaient pourtant si près, à portée de ma main, au bout de mon regard, et je les ai chassées.

Je tiens un œuf dans ma main... et cet œuf est seul. Rien n'est plus seul qu'un œuf. C'est rond, ou presque, froid, refermé sur soi, immobile et silencieux. C'est moi. C'était moi... et c'est moi de nouveau. Mais oui ! J'étais un œuf, en équilibre entre deux états du monde. Plutôt que de polir et polir encore les coquilles à la recherche de je ne sais quel sens, j'aurais dû me fracasser, me répandre, pourrir à même le sol, ce qui m'aurait évité de pourrir de l'intérieur. Cela m'aurait surtout évité de relancer le mouvement de la vie, de ramener le bien sur terre.

Car il n'est pas mort, le salaud. Pas mort ? Si... en un certain sens. Il n'y a plus de salaud, donc j'ai bel et bien tué un salaud. La suite de son histoire m'est parvenue. À l'hôpital, ils ont réussi à le sauver, mais il a vu la mort bien en face. Elle a saisi ses doigts de ses doigts glacés ; son souffle polaire a embrassé son visage et sa langue venimeuse s'est enfoncée dans sa gorge, jusqu'à lui griffer le cœur, mais il l'a vomie, il l'a rejetée, et elle s'est enfuie. Pourquoi la mort s'abaisserait-elle à insister ? Pourtant, on ne touche pas la mort sans mourir un peu. En vomissant la mort, il a vomi, en tout ou en partie, le mal qui croupissait dans le cloaque de son âme. Le salaud s'est métamorphosé en saint ! Coupés, les cheveux, rasées, les moustaches, aplanie, la panse ! Propre de sa personne... Je le vois depuis des années, dans les journaux, à la télé, et je ne l'en déteste pas moins... C'est une vedette. Il expose à Berlin, il expose à Paris, il expose à Tokyo, et il s'expose ; il raconte son histoire, sa miraculeuse remontée de l'enfer de la drogue, la reprise en main de son existence, la reconstitution de sa famille. Il ne cesse de remercier sa compagne, demeurée une modeste mais appréciée enseignante d'arts plastiques. Il vante d'abondance sa fille, cette superbe jeune femme, devenue photographe de calibre international.

Les scènes qui me font le plus mal sont celles où on les voit tous les trois, dans des vernissages, rayonnants de ce qu'on appelle le bonheur.

Seul...

Dirigé, manipulé, utilisé depuis le début… comme un pion sur la surface noire de sa case, qui croit qu'il n'avance pas parce que toutes les cases sont pareilles, qui ne sent jamais les doigts du joueur qui le soulèvent, parce qu'il est de bois.

Qui pouvait croire, qui croira que telle est mon histoire ? Qui peut imaginer que la rédemption de ce pauvre pécheur soit en réalité, non pas l'œuvre de Dieu, comme on le voudrait tant, mais celle d'un esprit déterminé à faire le mal, un esprit soutenu de longue date par le Malin lui-même ? Pourquoi est-ce arrivé ? Parce qu'il voulait mon âme, bien sûr, et il l'aura, il sera payé pour ses efforts. L'enfer est le paradis des hommes libres, n'est-ce pas ? Or je ne suis plus un homme libre, je suis un homme souffrant, rongé par le désir de l'inaccessible, et l'enfer, dès l'instant où mon cœur cessera de battre, déroulera devant moi le désert infini de son éternité.

Seul…

À soixante ans passés, je suis mathématiquement vieux.

Je bois. L'homme ne boit pas pour oublier, il boit pour mieux souffrir. Alban-Zébulon Arto l'avait si bien dit : le vin est une substance aqueuse et l'eau est lourde. L'homme qui souffre boit pour donner de la lourdeur à sa souffrance, pour se répandre avec elle, pour qu'avec elle il se mêle à la terre et redevienne de la boue, et quand il a bien bu, l'eau s'échappe de son corps par les yeux.

Et c'est de moi que je parle !

Parus à la courte échelle :

Romans

Chitra Banerjee Divakaruni
Une histoire extraordinaire

Valérie Banville
Canons
Nues

Patrick Bouvier
Des nouvelles de la ville

Chrystine Brouillet
Le Collectionneur
C'est pour mieux t'aimer, mon enfant
Les fiancées de l'enfer
Soins intensifs
Indésirables
Sans pardon
Silence de mort
Promesses d'éternité
Sous surveillance
Double disparition

Marie-Danielle Croteau
Le grand détour

Hélène Desjardins
Suspects
Le dernier roman

Sylvie Desrosiers
Voyage à Lointainville
Retour à Lointainville

Annie Dufour
Les enfants de Doodletown

Andrée Laberge
Les oiseaux de verre
L'aguayo

François Landry
Moonshine

Anne Legault
Détail de la mort

Jean Lemieux
La lune rouge
La marche du Fou
On finit toujours par payer
Le mort du chemin des Arsène

Nathalie Loignon
La corde à danser

André Marois
Accidents de parcours
Les effets sont secondaires
Sa propre mort
9 ans, pas peur

Judith Messier
Dernier souffle à Boston

Sylvain Meunier
L'homme qui détestait le golf
La nuit des infirmières psychédéliques

Trilogie Lovelie D'Haïti
Lovelie D'Haïti, tome 1
Le temps des déchirures, tome 2
La saison des trahisons, tome 3

André Noël
Le seigneur des rutabagas

Stanley Péan
Zombi Blues
Le tumulte de mon sang

Maryse Pelletier
L'odeur des pivoines
La duchesse des Bois-Francs

Raymond Plante
Projections privées
Le nomade
Novembre, la nuit
Baisers voyous
Les veilleuses

Jacques Savoie
Le cirque bleu
Les ruelles de Caresso
Un train de glace

Alain Ulysse Tremblay
Ma paye contre une meilleure idée que la mienne
La langue de Stanley dans le vinaigre

Gilles Vilmont
La dernière nuit de Jeanne

Nouvelles

André Marois
Du cyan plein les mains
Petit feu

Stanley Péan
Autochtones de la nuit

Récits

Sylvie Desrosiers
Le jeu de l'oie. Petite histoire vraie d'un cancer

Guides pratiques

Yves Bernard et Nathalie Fredette
Guide des musiques du monde. Une sélection de 100 CD

Bureau international du droit des enfants (ISCR)
Connaître les droits de l'enfant - comprendre la convention relative aux droits de l'enfant au Québec

Format de poche

Chrystine Brouillet
Le Collectionneur
C'est pour mieux t'aimer, mon enfant
Les fiancées de l'enfer
Soins intensifs
Indésirables
Sans pardon
Silence de mort

Marie-Danielle Croteau
Le grand détour

Jean Lemieux
La lune rouge
La marche du Fou
On finit toujours par payer

André Marois
Accidents de parcours
Les effets sont secondaires
Du cyan plein les mains

Judith Messier
Dernier souffle à Boston

Sylvain Meunier
L'homme qui détestait le golf

Trilogie Lovelie d'Haïti
Lovelie D'Haïti, tome 1
Le temps des déchirures, tome 2
La saison des trahisons, tome 3

Stanley Péan
La nuit démasque
Le cabinet du Docteur K.
Zombi Blues
Le tumulte de mon sang

Maryse Pelletier
La duchesse des Bois-Francs

Raymond Plante
Projections privées
Le nomade
Novembre, la nuit

RECYCLÉ
Papier fait à partir de matériaux recyclés
FSC® C100212
FSC www.fsc.org

Achevé d'imprimer en septembre 2011 chez Gauvin, Gatineau, Québec